아침별과
저녁별

아침볕과 저녁볕
김익회 에세이

초판 인쇄 | 2013년 05월 31일
초판 발행 | 2013년 06월 05일

지은이 | 김익회
펴낸이 | 신현운
펴는곳 | 연인M&B
기　획 | 여인화
디자인 | 이희정
마케팅 | 박한동
등　록 | 2000년 3월 7일 제2-3037호
주　소 | 143-874 서울특별시 광진구 자양로 56(자양동 680-25) 2층
전　화 | (02)455-3987　팩스 | (02)3437-5975
홈주소 | www.yeoninmb.co.kr
이메일 | yeonin7@hanmail.net

값 13,000원

ⓒ 김익회 2013 Printed in Korea

ISBN 978-89-6253-135-0 03810

　이 책은 연인M&B가 저작권자와의 계약에 따라 발행한 것이므로 본사의 허락 없이는
어떠한 형태나 수단으로도 이 책의 내용을 이용하지 못합니다.
　잘못된 책은 바꾸어 드립니다.

아침볕은 이제부터 시작이고, 저녁볕은 이제부터 또 하나의 시작이다.

아침볕과 저녁별

김익회 에세이

이들은 서로 다른 모습을 띠고 새로운 인생 여정의 입구에 서 있다. 한쪽은 시작이고 다른 한쪽은 또 하나의 시작이다. 동녘이고 서녘이다. 봄이고 가을이다. 상행선이고 하행선이다. 설레는 진달래꽃이고 사색하는 들국화다.

연인 M&B

아침볕이 저녁볕으로 얼굴을 바꿨다.

갈림길에서 어느 길이 저녁볕을 더 붉게 태워 줄 수 있을까.

글을 쓰겠다는 마음을 데리고 여기까지 온 것은 내 인생의 저녁에 가장 아름다운 빛이 되어 주었던 것 같다.

저녁볕과 함께 늦깎이가 수필 밭에 들어선 지도 10년 넘게 강산이 변했다. 처음부터 유명한 작가가 되고 싶다거나 수작을 기대하지도 않았고 지금도 그렇다. 하고 싶어서 할 뿐, 남과 경쟁할 마음도, 비교할 생각도 없다. 글은 혼자 쓰는 것이니, 홀로 비우고 충만해지는 글이야말로 '존재의 집'이 아니겠는가. '언어는 존재의 집'이라고 했던 하이데거의 성찰을 빌려, 내 언어에 깃들 영혼을 보살피며 살아가고 싶다.

영혼의 향기를 풍기는 글을 쓰고 싶다. 그 글은 단순한 의사소통

의 도구가 아니라 존재하는 그 자체로서 의미를 갖는 것이 되었으
면 좋겠다. 김소월의 ‘산유화’ 처럼 보는 이 없이도 산이 좋아 갈봄
여름 없이 혼자 피는 꽃 같은 에세이를 피우고 싶다. 작은 새 한 마
리 날아드는 풍경이면 족할 것이다. 영혼의 글은 아파야 피는 꽃인
가. 영혼의 글은 끝내 미완의 꽃인가. 그것은 잔인한 봄일지도 모른
다. 하지만 볼펜 한 자루, 수첩 하나면 봄에는 희망을 줍고, 여름엔
정열을 태우고, 가을에는 사색을 쌓고, 겨울에는 눈꽃을 피울 수 있
어 마음은 넉넉할 것 같다.

　고목에서 피는 꽃을 만나면서 용기를 얻었다. 사위어 가는 삶의
조각들을 저녁볕에 묶어 놓고 뒷모습을 바라본다.

　설익은 『아침볕과 저녁볕』이 거친 황야에서 누군가를 기다린다.

　찾는 이 없어도, 수많은 시작을 석양에 앉히고 처음처럼 걸어갈

것이다.

'시작에는 늦음이 없다.' 고 누군가 내 손을 잡아 주는 것 같다. 그 손이 내게는 글이었다. 그 보이지 않는 손을 잡고 저녁별을 태워 갈 것이다.

이 자리를 빌려 멋없는 남편을 묵묵히 곁에서 응원해 주는 아내에게 고마운 마음을 전한다. 글쓰기를 깨우쳐 주신 윤재천 교수님께도 감사한 마음을 간직하고 있다.

2013년 봄

김익희

차례

생명 나무야!
고맙다.
천산도 (2007.6.7)

제1부_봄의 변신

어느 날, 나는 언 땅을 비집고 새롭게 봄으로 태어날 것입니다.
내 육신이 계절 따라 변신해도 나의 본분을 잃지 않을 것입니다.
봄은 축복이고 만물의 희망이기 때문입니다.

봄의 변신

희희희(喜喜喜)

내 이름은 봄이고 나의 모태는 자연의 섭리입니다.

동토(凍土)에 머물다가 혜풍에 쏘여 태어났습니다. 얼어붙은 산야는 새 생명의 물결로 가득하고 벌 나비가 넘실대는 동정(童貞)입니다. 샛노란 산수유, 이름 감춘 꽃들과 개나리 진달래가 속살을 내밀고 얼굴을 붉힙니다.

나는 희망이고 시작의 전령입니다. 겨우내 잠든 넋을 흔들고 약동의 기운을 배달합니다. 회색 대지에 연두색 물감을 풀어 놓고 흐드러진 꽃들이 속살거립니다.

사람들은 나를 계절의 여왕이라고 칭송하며 어린이 날, 어버이 날, 스승의 날을 내 품에 맡겼습니다.

시인들은 윤색된 시구(詩句)로 나를 예찬합니다. T.S 엘리어트는 '4월은 잔인한 달, 죽은 땅에서 라일락 피우고 봄비로 잠든 뿌리를

희희희,
내 이름은 봄이고 나의 모태는 자연의 섭리입니다.

깨운다.' 며 나를 잔인하다고 했습니다. '잔인'은 봄을 시샘하고 연모하는 미문(美文)이 아닐까요.

나는 행복합니다. 사람들은 나를 빌미로 여기(餘技)를 즐기고 나는 하얀 일기장에 푸른 꿈을 키워 갑니다.

내 나이 3개월이 되든 어느 날, 내 신체에 이상이 생깁니다. 야들야들한 연두 잎이 훈풍에 쏘여 억새지고 꽃자리에 열매가 열립니다. 부슬부슬 내리던 비는 소낙비로 변하고 부드러운 햇살은 땡볕으로 변해 이글거립니다. 춘색을 즐기던 사람들은 그늘을 찾습니다. 나는 영문도 모른 채 낯선 땅에서 뿌리를 내리고 청년으로 성장합니다.

여기가 어디냐고 조물주에게 물었습니다.

하하하(夏夏夏)

네 이름은 여름이란다. 화무십일홍(花無十日紅)이라 했다. 너는 화려한 꿈속에서 상춘객을 맞는 봄처녀로만 살 수 없단다. 열매를 맺어 종족도 보존하고 땀 흘려 만물을 성장시켜야 자연의 질서가 유지된다고 일러 줍니다. 나는 영원한 봄이고 싶지만 자연의 섭리를 거역할 수는 없습니다.

나는 농작물에 강렬한 햇볕을 쪼이며 여름 역할을 열심히 해냈습니다. 땀의 위력을 처음 느꼈습니다. 여름은 녹음방초(綠陰芳草), 불타는 정열이고 야망입니다. 이렇게 3개월을 여름 영토에서 생활하던 어느 날입니다.

호호호(好好好)

미소를 지으며 금풍을 타고 가을 나라에 왔습니다.

염열(炎熱)이 내리고 춥지도 덥지도 않은 고향에 온 것처럼 가슴이 설렙니다. 청산은 만산홍엽(滿山紅葉)으로 물들고 오곡백과는 황금물결로 출렁입니다. 길섶엔 코스모스가 하늘거리고 고샅길에 들국화가 숨어서 핍니다.

귀뚜라미 청승 소리에 날밤 새우고 가을은 자꾸만 깊어 갑니다. 그리운 이에게 엽서라도 한 장 띄우고 싶고 시집 한 권 들고 정처 없이 방랑하면서 여수(旅愁)에 젖고 싶습니다.

가을은 공허까지 품을 줄 아는 철학을 지녔습니다. 나는 가을에서 밀레의 만종을 만나고 감사와 겸손을 배웁니다. 한때를 풍미하던 화려한 단풍은 마음을 비우고 시를 토하며 조락(凋落)합니다. 가을은 풍요와 사색을 안고 바통을 넘깁니다.

세월이 유수라 했던가요. 여유와 낭만을 만나 3개월여 단꿈을 꾸던 어느 날입니다.

허허허(虛虛虛)

무채색 미소를 띠고 삭풍에 휩싸여 겨울 나라에 왔습니다.

나는 온기를 빼앗기고 속옷까지 벗겨져 전라(全裸)가 되었습니다. 발을 동동동(冬冬冬) 구르며 얼어 죽을까 봐 겁이 났지만 얼마

후 냉정을 되찾았습니다. 상전벽해(桑田碧海)라 했던가요. 내 사랑하는 피붙이마저 다 보내고 분주한 삶에서 풀려난 무욕대안(無慾大安)의 노년이 되었습니다. 삭막한 한파 속에서 벗고도 아름다울 수 있는 비움의 지혜를 터득했습니다.

하얀 솜이불이 나의 언 몸을 덮어 줍니다.

겨울은 편안하고 따뜻했습니다.

'한 알의 밀이 떨어져 죽지 아니하면 한 알 그대로 있고, 죽으면 많은 열매를 맺는 것' 이 이치입니다.

안으로 숨 쉬고 침묵으로 웅변하는 새로운 씨앗을 안고 나는 겨울잠에 들어갑니다. 동면은 잠자는 것이 아닙니다. 인고를 안고 새로운 생(生)을 틔우기 위한 조용한 투쟁입니다.

이렇게 시작도 끝도 없는 사계가 무변(無邊)의 세월과 동행을 반복합니다.

어느 날, 나는 언 땅을 비집고 새롭게 봄으로 태어날 것입니다.

내 육신이 계절 따라 변신해도 나의 본분을 잃지 않을 것입니다.

봄은 축복이고 만물의 희망이기 때문입니다.

기승전결(起承轉結)

기승전결(起承轉結)은 시문(詩文)을 짓는 격식이다. 기(起)로 글머리를 수놓고, 승(承)으로 줄거리를 엮다가, 전(轉)에 이르러 뺄셈 덧셈으로 글맛을 내고, 결(結)에서 전체의 글을 몇 마디로 함축하여 한 편의 작품을 탄생시킨다.

한 편의 글만이 기승전결을 가진 것은 아니다. 나는 글을 쓰면서 한 사람의 인생, 한 편의 수필, 한 해의 사계 속에 숨겨진 기승전결의 현묘한 이치를 만나곤 한다.

起

起는 생의 문을 여는 것이고 사계의 봄이다.

글의 첫 문장이 독자를 글 안의 세계로 데려다 놓듯, 인생의 起 또한 부모나 주변 환경의 그늘에서 언행을 배우고 인성(人性)이 채워지면서 성장한다. 의존성의 起가 세상과 충돌하면서 견문을 넓히고 학식과 이상(理想)을 키워 목표를 설정하고 承에 입문한다.

사계의 햇살은 동녘에서 혜풍(惠風)을 만난다.

承

承은 자기 영토를 넓혀 가는 성취이고 사계의 여름이다.

承이 수필 한 편의 줄거리라면, 인생의 承은 성숙한 체력과 능력을 바탕으로 이상과 목표를 펼쳐 나가는 성숙의 절정기다.

직장을 얻고 가정을 이루고 자립하여 기반을 쌓고 앞만 보고 전진한다. 내면보다 외면과 체면을 중시하고, 도전장을 들고 정진한다.

承의 항해에는 명예·지위·인격·부가 동승한다. 이 과정에서 글은 수작과 졸작으로 갈리고, 인생의 어떤 이는 황무지를 개간하여 존경과 가치를 산출하고, 어떤 이는 잡초 밭에서 쭉정이를 낳고 시름에 젖는다.

承이 펼치는 의지와 노력의 강도는 한 작품, 한 인생의 요체가 된다. 사계의 시침은 녹음방초(綠陰芳草)에서 땀을 흘린다.

轉

轉은 성취를 여과(濾過)하는 정중동(靜中動)이고 사계의 가을이다.

제복을 벗고 단풍이 물든 여백은 사유의 공간이고 인생의 철학이다. 과불급(過不及)이나 모래성을 쌓지는 않았는지, 엉뚱한 곳에 등대를 세우지 않았는지 자신을 바라보며, 탐을 삭히고 겸손을 익힌다.

시문의 轉이, 거친 글밭을 퇴고(推敲)하면서 옥토를 만드는 과정이라면, 인생의 轉은 성취와 비움으로 완만한 조화를 이루고, 내시경으로 속내를 점검하며 가식과 위선을 벗긴다. 이 항해에는 관조(觀照)와 자성(自省)이 동승한다.

사계의 자연은 뭉게구름과 단풍으로 느림을 수놓는다.

結

結은 비우고 정리하는 마무리이고 사계의 겨울이다.

글에서 結은 전체 문장을 한 줌으로 묶고 탈고(脫稿)하면 한 편의 시문이 탄생하고, 인생의 結은 起, 承, 轉의 궤적(軌跡)을 무형의 자서전에 새기고 대미(大尾)를 장식한다.

한 편의 글은 結로 태어나고, 인생은 結로 사라지고 다시 태어난다.

벌거벗은 겨울나무는 서녘에서 또 하나의 사계를 준비한다.

나는 지금 起 · 承 · 轉 · 結 중, 어느 곳에 머물러 있는가.

특정 구간만을 유별난 한 송이의 장미꽃으로 치장하여 흐름의 균형을 깨지는 않는지. 기승전결 모두가 한 아름의 안개꽃으로 필 때 아름다운 숲 동산을 이룬다. 구간마다 최선을 다해야 하는 이유다.

起 · 承 · 轉 · 結은 시문, 인생, 사계의 순리다.

제도권과의 석별

세월에 사원 제도권(制度圈)의 논픽션 공연이 가에 머물었습니다. 평생의 반을 넘게 몸담았던 보금자리를 떠나게 되었습니다. 기여한 것은 미미한데 받은 것은 많아 빚지고 떠나는 마음입니다. 며칠 후면 낯선 무대에서, 연습 없는 독백(獨白)연기를 펼쳐야 할 설렘을 안고 그간 고마웠다는 하직 인사를 드립니다.

33년 동안, 공무원으로 일하다가 정년을 하였고, 이어서 6년간 산하기관에서 근무하다가 금년 6월 30일자로 제도권을 마감하게 됩니다. 염치없이 오래 머물렀다는 생각과 함께 머물던 자리에 어떤 흔적이 새겨져 있을까 조심스럽게 뒤돌아봅니다.

삶 속에 풀어 놓은 언행에는 내가 아닌 가식도 있었고, 남을 불편하게 한 일도 많았을 것입니다. 실체보다 부풀려 나를 포장하였고, 말은 앞서고, 행함은 이에 미치지 못했습니다. 변명이나 교만도 많았습니다. '더 열심히 할걸, 더 잘할 수 있었는데……' 하는 아쉬움이 남습니다.

부족한 제가 대과 없이 오랜 동안 공직에 머물 수 있었던 것은 저의 능력이나 인성 때문이 아니고, 선후배 동료 지인 여러분의 사랑과 관심, 그리고 어느 뒤안길에서 덕담을 해 주신 음덕입니다. 재삼 감사드립니다.

끝과 시작은 이분법이 아닌 공생의 연리지(連理枝)라는 생각으로 이들의 인연을 성숙시켜 나갈 것입니다.

울타리 없는 광야에서 이름도 없이 들꽃으로 피어나, 한 뼘 남은 진홍색 석양에 붓을 적셔 '이제부터 시작입니다.' 라는 또 하나의 시작을 그릴 것입니다. 떠난 뒷모습이 초라하지 않도록 심신을 재수(再修)해야겠습니다.

겸양과 편안함을 얻고 싶습니다. 빈 몸으로도 아름다울 수 있는 겨울나무처럼 명함 없이도 주눅 들지 않고, 용기와 겸손을 품고 싶습니다. 벼꽃처럼 숨어서 열매를 맺고, 인격 통장은 넉넉히 채웠으면 좋겠습니다.

나이는 연필로 쓸 것입니다. 새무얼 울만은 "젊음은 삶의 기간이 아닌 마음의 상태다."라고 했습니다. 마음의 나이를 10년, 때로는 20년 젊도록 노력할 것입니다. 흐르는 세월 앞에 주름은 지울 수 없지만, 삶의 열정이 식지 않도록 심신을 다듬어야겠습니다.

어떤 풍파에도 품위를 잃지 않고, 늙어 가면서 아름다움을 더해 가는 노송(老松)을 닮고 싶습니다. 베풀면서 여유를 찾는 공부도 해야겠습니다.

살아오면서 감사한 것은 많은데 베푼 것은 초라하여 부끄럽습니다. 빚을 갚고 싶습니다. 때로는 외딴 마을의 빈집이 되어 힘들어하

"인간의 모든 불행은 조용한 공간에서 고요하게 휴식할 줄 모르는데서 온다."고 한
파스칼의 말에 공감이 갑니다.
바쁘기 때문에 바쁜 것이 아니고,
여유를 모르기 때문에 바빴음을 늦게 알았습니다.
눈썹달은 어둠을 밝히고,
숲이 물결을 재우는 호수 가에서 사색하며 여유를 음미할 것입니다.

는 이가 쉬어 갈 수 있는 공간이라도 만들어야겠습니다.

지난 세월에 새겨진 내 인생 드라마를 재생해 봅니다. 관객을 끌수 있는 좋은 작품도 못되면서, 항상 무엇에 쫓기고 바쁘다는 핑계로 여유를 묻고 살았습니다. "인간의 모든 불행은 조용한 공간에서 고요하게 휴식할 줄 모르는데서 온다."고 한 파스칼의 말에 공감이 갑니다. 바쁘기 때문에 바쁜 것이 아니고, 여유를 모르기 때문에 바빴음을 늦게 알았습니다. 눈썹달은 어둠을 밝히고, 숲이 물결을 재우는 호수 가에서 사색하며 여유를 음미할 것입니다.

수필로 여러분 곁에 머물겠습니다. 수필은 자기 안에 있는 인격이 아닐까요. 수필은 체험과 사유의 실물화(實物畵)를 형상화한 자기 고백으로, 내면을 다듬어 가는 인생 수련의 과정이라고 생각됩니다. 부족하지만 수필을 평생의 애인으로 가꾸어 나갈 것입니다. 감동과 메시지가 담긴 글을 위해 많은 습작과 노력을 할 것입니다.

여러분의 응원단원이 되겠습니다. 지금도, 앞으로도, 여러분은 저에게 귀인이고 소중한 분들입니다. 어느 날 산간 오지 이름 모를 섬에서 수필 밭을 거닐다가 발신인 주소 없이 자연과 사색을 엽서에 담아 님 제위께 띄울 생각을 하면 행복합니다.

화려한 주연보다 이름 없는 조연으로 여러분 곁에 머물며 기도와 덕담 그리고 박수로 소중한 님들 위에 응원가를 부를 것입니다. 저에게도 퇴임을 축하해 주시고, 숙기(淑氣)가 황혼에 머물 수 있도록 응원해 주십시오. 열심히 살겠습니다.

사랑합니다. 감사합니다.

아름다운 용서

지난해 4월, 32명을 살해한 버지니아 공대의 총기 난사 사건은 세인의 가슴에 폭풍을 안겨 준 희대(稀代)의 참극이었다.

살해범 조승희, 그는 한국인이었고 우리는 경악과 분노 그리고 수치심으로 말문이 막혔다. 애도의 날, 33개의 추모석이 설치되었다. 가해자인 조승희의 추모석도 마련된 것이다. 성조기와 교기, 장미 안개꽃과 함께 '2007년 4월 16일 조승희' 라는 메모가 붙었다.

그를 '희생자' 중의 한 사람으로 받아들인 것이다. 억장이 무너지는 분노와 적개심 속에서도 미국인들의 용서는 빙판에 핀 한 송이의 백합화였다. 추모석에는 '네가 도움과 위로를 얻지 못하고 우리가 네 친구가 되어 주지 못해 미안해.' 라는 글귀가 쓰여 있었다.

추모사 중에는 "한국인은 너무 미안하게 생각 마시오. 이민을 잘못 관리한 미국인에게도 책임이 있습니다."고 한 말이 가슴에 와 닿는다. 그들은 조씨를 가해자인 동시에 희생자로 인식했고 그의 가족을 감싸 줘야 한다는 그들의 사고는 우리의 용서 문화를 부끄럽게 하는 대목이다.

생활 속에 미움의 응어리를 가슴에 묻고 사는 우리에게 묻는다. 인간이 짊어질 수 있는 가장 무거운 짐 하나가 남을 원망하는 것 아닐까. 오늘도 세상 속에서 치열하게 살아가는 당신과 나, 크고 작은 일에 미움과 노여움을 만날 때, 아픈 심신을 치료할 묘책은 없을까.

우리는 대인 관계에서 미움이나 원망을 하나쯤은 가슴에 품고 사는 보통 사람들이다. 나를 배신한 연인이나 동료, 나를 해고시키고 승진에서 탈락케 한 주역, 나를 왕따시킨 사람…….

자다가도 벌떡 일어나는 증오를 어떻게 용서하란 말인가. 권세의 그늘에서 호가호위(狐假虎威)하며 나를 핍박하는 방약무인(傍若無人)한 그들은 또 어찌하란 말인가.

보수 진보 지연(地緣)은 그들끼리 당동벌이(黨同伐異)가 되어 서로 헐뜯고 싸우다가 분을 삭이지 못해 가슴이 퍼렇게 멍든 채, 국민과 국가를 운운하는 모습이 보통 사람들을 슬프게 한다.

같은 목적을 추구하는 조직체 내에서도 개인 간, 단체 간에 갈등이나 보스의 편견으로 서로가 서로를 가해자로 내몰고 용서에는 인색한 모습을 주변에서 자주 만난다. 심지어 가족 간에도 원수가 되어 돌아올 수 없는 다리를 건넌다.

자신을 위해서도 남을 용서해야 한다는 것을 우리는 안다. 증오와 원한은 부메랑 같아서 되돌아와 나를 해친다. 미움과 원한은 면역력이 없는 고질병일까.

내 마음에 상처를 준 사람을 내 좁은 가슴속 감옥에 가두고 증오의 불을 지피다가 내 가슴만 검게 그을린 일이 한두 번인가. 미움과 분노의 응어리는 상대에게 보복할 수 있는 칼날이 되지 못하고 내 안에서 화(禍)를 키우는 독소일 뿐이다.

반구제기(反求諸己), 교수들이 선정한 2007년도 새해 소망을 기원하는 사자성어다. 잘못된 것을 남의 탓으로 돌리기보다 원인을 자기에서 찾아 고친다는 뜻이다. 내 속내를 내시경으로 들여다본다. 남의 허물에는 편협하고 내 허물에는 관대함이 부끄럽다.

최근 영국 스미스대학의 잭슨 박사팀은 "적개심을 품고 있으면 폐활량에 해롭고 관상동맥 질환과 고혈압 발병에 영향을 끼친다."는 연구 결과를 발표했다. 미국 호프대학 연구팀은 "용서는 스트레스를 완화시켜 주고 혈압과 심박동을 안정시키는 효과가 있다."고 발표했다.

분(憤)을 삭히는 데는 세월만이 약이 아니다. 용서가 부작용 없는 명약이다. 대인 관계에서 갈등이 일 때, '상대방이 틀렸다기보다 내 생각과 다를 뿐이다.'는 인식에서 접근하고 대화하면 용서는 자연스럽지 않을까. 용서할 수 있으려면 우리가 불완전한 존재임을 스스로 인정해야 하지 않을까.

용서하는 것은 자존심을 잃는 것이 아니고 겸손이고 용기다. 용서는 상대방을 아름답게 변화시키는 체벌이기도 하다. 몸의 상처는 약을 바름으로써 새살이 돋고 인간관계의 상처는 용서함으로써 정이 솟아난다.

사람이 죽을 때, 누구나 후회하는 것 중 하나는 "생전에 용서하지 않고, 용서를 구하지 못한 것"이라 한다. 김수환 추기경은 "살면서 얼마나 많이 용서했느냐에 따라 하느님은 당신을 용서할 것"이라고 했다.

용서에는 기적이 있다. 용서하는 순간 모든 것은 변한다. 슬픔이 일던 가슴에 기쁨이, 갈등이 있던 곳에 평화가, 분노가 끓던 자리에 사랑이, 불통이 소통으로 변신한다.

누군가가 "용서는 내면의 평화를 열어 주는 황금열쇠다."고 했다. 더불어 사는 우리, '나'를 '우리'로 주어를 바꿔 '용서'의 현주소를 점검할 때가 지금이 아닌가 싶다.

내가 지금 누군가를 미워하고 있지는 않는가. 누가 나를 증오하고 있지는 않는가. 내 잣대로만 상대를 재단하고 있지는 않는지.

용서는 감성이 아닌 이성으로, 지식이 아닌 지혜로 접근해야 하지 않을까. 이제부터 '용서'라는 선택과목을 필수과목으로 신청하여 새 학기부터는 좀 더 성숙한 편안함을 얻도록 노력해야겠다.

용서는 성숙한 인격이고 새로운 관계의 가교다.

11월을 예찬한다

11월은 정녕 매력이 없는가.

단풍은 조락하고 바람마저 거칠어지는 썰렁한 달. 가을도 겨울도 아니면서 가을이고 겨울인 색깔 없는 달. 토, 일요일 외에 공휴일마저 없는 삭막한 달. 하지만 나는 맹물처럼 꾸밈없는 11월을 예찬한다.

마지막 하나 남은 잎새는 11월의 카타르시스다.

으스스 비바람이 몰아치는 11월 어느 날, 폐렴으로 삶을 포기한 채 창밖에 하나둘 떨어지는 담쟁이 잎사귀를 처연히 바라보며 열, 아홉, 여덟……, 역으로 숫자를 세던 화가 지망생인 존시는 마지막 잎새가 떨어지면 자신도 죽을 거라고 생각한다. 그러던 어느 날, 밤새 비바람이 휘몰아쳤는데도 담쟁이의 마지막 잎사귀 하나가 매달려 있는 것을 보고 삶의 의지를 되찾는다.

40년 넘게 걸작을 꿈꾸지만 싸구려 간판이나 그리며 근근이 살아가는 늙은 화가 버만이 밤새 차가운 비바람을 맞으며 남몰래 혼신을 다하여 잎을 그려 매단 것이다. 이 힘거운 작업으로 노인 버만은 폐렴에 걸려 죽게 되고, 젊은 존시는 생명을 잇는다. 이들이 남긴 삶과 죽음은 모두가 아름다운 승자다.

나는 11월이 오면 오 헨리의 〈마지막 잎새〉를 읽으면서 삶과 죽음의 숭고한 가치를 되새기며 진한 카타르시스를 만나곤 한다.

11월은 여유(餘裕)의 미학(美學)이다.

유유히 흐르는 강물처럼, 파란 하늘에 떠도는 하얀 뭉게구름처럼, 11월은 넉넉하고 여백이 있다. 어쩌면 만만디(慢慢的)의 미학인지도 모른다.

11월은 벌레 소리마저도 숨을 죽이고 고즈넉한 오솔길에서 안으로 숨 쉬고 침묵으로 대화하는 여유이기도 하다.

11월은 봄처럼 새싹을 틔우거나 대지를 꽃으로 장식하지도 않는다. 여름나무처럼 두꺼운 옷을 껴입고 땀을 흘리지도 않는다.

10월의 단풍에 매혹되어 설렌 가슴으로 군중에 갇히지도 않는다.

12월처럼 망년회로 애꿎은 술만 축내며 몸이 망가질 염려도 없고 한 해를 결산하거나 연하장을 보낼 바쁜 발걸음도 아니다. 매사가 숨 가쁘게 돌아가는 연말에, 그나마 11월이 있어 숨을 고를 수 있으니 얼마나 다행인가.

파스칼은 "인간의 모든 불행은 조용한 공간에서 고요하게 휴식할 줄 모르는 데서 온다."고 했다.

잎사귀가 다 떨어지면 감춰진 나무 등허리를 드러낸 채 비우고 살아간다.
푸른 옷도 붉은 옷도 걸치지 않고, 하얀 구름으로 자신의 흉터를 채색하지도 않는다.
생긴 그대로 안분지족(安分知足)한다.

일 년 내내 여유를 묻고 보이지 않는 무엇에 쫓겨 사는 현대인들이여, 아직도 캘린더에 남아서 한 해의 끝자락을 지키고 있는 12월을 핑계 삼아 색깔 없는 11월만이라도 여유를 만끽하며 사유(思惟)에 젖어 보면 어떨까 싶다. 밤새 독서삼매경에 빠져 보기도 하고 그리운 사람에게 엽서라도 한 장 띄워 메마른 가슴을 적셔 보면 어떨까.

11월은 겸손과 비움의 미학이다.

화려한 주연보다 조용한 조연으로 머무는 11월. 그는 일찍부터 비움의 편안함을 깨달은 철인(哲人)인지도 모른다. 그는 자신을 꾸미거나, 포장하지도 않는다. 하나씩 피붙이를 떼어 내면서 겸손과 비움을 심어 간다. 구름도 가벼워지고 마음도 가벼워진다. 잎사귀가 다 떨어지면 감춰진 나무 등허리를 드러낸 채 비우고 살아간다.

푸른 옷도 붉은 옷도 걸치지 않고, 하얀 구름으로 자신의 흉터를 채색하지도 않는다. 생긴 그대로 안분지족(安分知足)한다. 한때는 파랑, 노랑, 붉은 색깔로 멋도 부렸지만, 다 부질 없는 허상(虛想)임을 11월은 깨우친 것일까.

11월의 앞에 서면 나는 작아지는 느낌이다.

비운다 하면서 생각만 앞세우고 마음밭에는 탐만 무성하다. 내 능력보다 더 좋은 글을 쓰고 싶고, 실체보다 더 크게 보이고 싶고, 더 많이 성취하고 싶다. 여름처럼 푸르고, 가을처럼 꾸미고 싶다. 그러면서도 나의 약점이나 흠집은 흩날리는 낙엽으로 덮어 감추고 싶다.

탐을 안으로 곰삭히고 무욕대안(無慾大安)의 넉넉한 품을 닮아 보려고 11월을 예찬하고 기다리는지도 모른다.

고혹(蠱惑)한 끼도, 화려한 꾸밈도 없이, 무위자연(無爲自然)하면서 여유와 사색을 마시며 겨우 30일을 사는 11월의 단명이 아쉽다.

단 하루라도 11월의 생명을 늘려 줄 버만 같은 화가는 없을까.

재소자와의 만남

구치소 정문에서부터 긴장이 감돈다. 무장한 경비원이 나의 신분을 확인하고 담당 교도관에게 보고를 하고 들여보낸다. 엄한 분위기와는 달리 넓은 정원에는 늦가을이 토해 낸 농익은 오색 단풍이 한가롭다.

정중동(靜中動)인가. 철망을 두른 재소자 수송 차량이 들락거린다. 교도관의 안내에 따라 몇 개의 육중한 철문을 지나 상담실에 들어섰다. 오늘은 어떤 사람과 만남일까. 다소 이력이 붙었는데도 부담감이 압박을 가한다. 나의 짧은 식견과 설익은 덕량(德量) 때문일 게다.

나의 재소자 카운슬러 시작은 이렇다.

6년 전인 1999년, 한때 공직의 동료였던 K대학의 남○○ 교수가 구치소 측의 상담역 제의를 받고, 자기 대신에 나를 추천한 것이다. 당황했다. 나는 그 분야에 전문가도 아니고 경험도 전혀 없기에 몇 번이나 사양했지만, 적격자라며 남 교수는 거듭 권했다.

부족한 나를 믿고 어려운 자리를 추천한 남 교수의 뜻이 고마웠다. 나는 며칠 생각할 여유를 빌어 고민하고 망설이다가 결심을 했다. 한 달 전에, 정년을 맞은 나에게 또 하나 봉사의 기회가 될 거라는 긍정적인 사고로 받아들였다. 부족분을 관심과 열정으로 채워야겠고도 생각했다. 그렇게 시작하여 어느덧 6년째 접어들었다.

내가 상담할 재소자 대상은 일반 범죄가 아닌 공안(公安)에 관련된 분들, 속칭 양심범이다. 노조를 비롯한 공안에 관련된 각 분야 단체의 간부, 20대에서부터 60대에 이르기까지 여러 계층과 상담했다. 상담은 개별적이고 교도관이 입회한다.

상담 첫날은 과중한 부담으로 며칠 동안 관련 서적을 탐독하고 시사성에 대비하여 색깔이 다른 신문들을 꼼꼼히 읽었다. 반지르르한 교언(巧言)으로 환심을 사는 언변이 아닌, 신중한 대화와 설득으로 그들에게 실질적인 도움이 되어 주고 싶다.

의견 제시에 앞서 상대의 처지를 진지하게 듣고 편견 없는 상담 자세로 임한다. 대화가 무르익어 갈 때, 준비한 간식거리와 음료를 내놓고 먹으며 진솔하고 허심탄회하게 서로의 생각을 나눈다.

"나는 누구를 설득하거나 교훈적인 말을 하러 온 것이 아닙니다. 누구나 소신과 인생관이 있고 사는 방법에는 정답이 없으니까요. 이 시간, 우리의 대화가 따뜻한 위로가 되고, 응원이 되고, 도움이 되었으면 하는 간절한 마음입니다. 이 소중한 시간에 좋은 수필 한 편을 써 봅시다." 하고 말문을 연다. "편안한 타협보다 대의(大義)의 편에서 힘든 길을 걷는 모습이 당당해 보인다."는 덕담도 곁들이며 그들의 고충을 충분히 듣고 나의 견해를 피력한다.

"지금은 귀하의 현주소를 점검해야 할 하프타임입니다. 현재의 위치를 짚어 보면서, 동료나 친지는 나를 어떤 시각으로 바라볼까. 지금까지 살면서 나의 장점은 무엇이고 단점은 무엇이었는가. 내가 가고 있는 이 길이 최선인가. 내 의식이 한쪽으로 과하게 기울지는 않았는지. 내시경에 비친 내 참 모습을 깊이 음미하고 고민해야 할 시간이 아닐까요."

이어지는 대화는 의식이나 사상적인 논쟁을 피하고 인성 쪽으로 방향을 바꾼다. '건강관리와 가정 문제, 후반전을 대비한 하프타임, 수용 생활의 긍정적인 의미, 시련과 역전, 또 하나의 시작' 을 주제로 분위기를 부드럽게 한다.

그동안의 많은 상담 중에서 가장 힘들었던 것은 2년 전, 북한을 다녀왔다는 20대 후반의 미혼 여성이었다. 극단적인 이상주의, 조건 없는 통일, 철저한 반미주의자로 싸늘한 냉기가 서린 표정이다.

그녀는 "무엇 때문에 오셨습니까. 나는 선생님과 대화할 의사도, 이유도 없습니다." 하며 미리 대화의 통로를 차단한다. 동석한 교도관도 표정이 굳어지며 안쓰러워한다. 이분은 수감 중에도 단식 중이란다. 자존심을 구겨 가며 40여 분 불편한 대화를 이끌었지만 위안이나 도움이 되는 대화라기보다 첨예한 논쟁으로 상담을 마쳤다. 기분이 상하고 회의도 일었지만, 나의 부덕이고 무능 때문이라고 자신을 탓해야 했다.

여러 재소자와의 상담 중 기억에 남는 일도 많았다.

노동계의 거물인 모씨에 대해 나는 평소 곱은 시선을 가지고 있었는데 대화를 통하여 그에 대해 인간미가 물씬 풍기는 사람이구나 하고 생각을 바꾸기도 했다.

재소자들과의 대화 중에 그들은 당당함도, 뉘우침도, 위정자들에 대한 비판도, 법적용에 대한 불만도, 일방적인 자기변호도 많았다. 하지만 대부분 상담을 끝마칠 즈음이면, 시간을 아쉬워하며, 많이 위로가 되었고 유익했다는 말을 내게 했다.

오늘 상담 대상은 10여 년 전, 북한에서 귀순하여 무기징역을 선고받고 상고 중인 40대 남자분으로 북한에서 대학을 졸업한 엘리트다. 방송에도 출연했고 여러 기업체에 초빙 강사로 활동하면서 자유가 있는 한국에서 행복이 무엇인가를 느꼈다고 심경을 토로한다.

어느 날, 자기에게 접근한 한국인 친구가 어느 여성을 미끼로 돈도 빼앗고 그 여인마저 앗아가는 상황에서 심하게 다투다가 그가 휘두른 칼로 불의의 살인을 저지르게 되었다고 한다. 그때 자수했으면 정당방위가 될 수도 있었는데 겁나서 중국으로 도주했다가 우여곡절 끝에 체포되어 이곳까지 왔단다. 죗값을 달게 받겠다며 크게 후회하고 뉘우친다. 하지만 진실을 밝히기 위해 상고 중이란다.

한국에 와서 교회에 다니면서 성경을 읽고 놀랐다고 한다. 성경 속의 예수님을 김일성으로 바꿔 북한에서는 김일성을 찬양하고 신으로 여긴다고 한다. 그러면서 북한의 인권유린과 비참한 실정을 낱낱이 말한다. 그의 얼굴은 살인자 같지 않았다. 나는 무기수 앞에서 무슨 말로 위로해야 할지 난감했다.

희망을 잃지 마십시오. 아직도 귀하는 젊고 희망의 불씨가 남았습니다. 희망을 잃지 않는 한, 누구도 비참해지지 않습니다. 주야로

회개하고 기도하면서 수감자들의 모범이 되면 감형되는 경우도 있습니다.

　수감 생활을 시련을 이기는 극기 훈련으로 생각하십시오. 깊은 사유 속에 자신을 뒤돌아보고 다시 태어나는 반전의 계기로 만드세요. 책도 많이 읽고, 일기도 쓰고, 생각도 고민도 많이 하세요. 어느 날, 귀하의 파란만장한 운명을 책으로 엮으십시오. 전화위복이 될 것입니다.

　찹쌀떡을 먹고 싶었는데 고맙다며 맛있게 먹는 모습이 슬픔 속에 작은 햇살이 고여 있는 듯했다. 더 이야기했으면 하는 표정이다.

　나는 그의 손을 굳게 잡고 인연이 닿아 다음 만날 때는 음악이 있는 카페에서 만나자고 작별 인사를 했다.

　그의 눈시울이 붉어지는 것을 보고 한참이나 가슴이 아팠다.

내가 만약

내가 만약 한 사람의 가슴앓이를 멈추게 할 수 있다면,

내가 만약 누군가의 아픔을 쓰다듬을 수 있다면,

기진맥진 지친 한 마리 울새를 둥지로 돌아가게 할 수 있다면 나 헛되이
사는 것은 아니리.

에밀리 디킨스의 시 〈내가 만약〉의 일부다.

세월이 유수라 했던가. 재소자 순화 상담을 시작한 지 11년째다.
대상자는 만만치 않은 사회적 위치에서 나름대로 소신과 철학을 지
니고 시위에 참여했거나 이념을 달리하는 공안(公安)에 관련된 피
의자다. 오랫동안 수백 명의 여러 계층 재소자들과 상담을 해 왔지
만 역량이 부족하여 그들의 막힌 어혈을 시원하게 뚫어 주기에는
역부족이다. 마칠 때마다 여적은 남기기 일쑤여서 부담스럽고 긴장
이 이어진다.

강의는 대중 앞에서 일정한 주제를 전달하면 되지만 상담은 예상 밖의 돌출적인 질문이나 견해의 차이로 의견 충돌을 피할 수는 없다.

상담에 앞서 부족한 부문을 채워 달라는 간절한 기도로 도움을 청하고 임한다. 한 시간 대화를 위하여 네댓 시간, 색깔이 다른 몇몇 신문이나 시사성 잡지를 읽으며 편견의 고정관념을 헐고 나름대로 최선을 다한다.

윤색된 언변보다 현실적으로 상대에게 도움이 되고 응원이 되는 생동감 있는 상담으로 희망과 용기를 주고 건전한 변화로 이끌어야 한다. 대상자는 여러 모습의 인품을 지녔다.

어떤 이는 편하게 대화가 되고, 어떤 이는 싸늘한 표정으로 대화의 입구조차 찾기 어렵다. 이번 상담 대상은 S구치소에 수감 중인 모 회사 비정규직 노조 간부인 이씨로 죄명은 업무방해죄다.

첫인상을 통해, 오늘 상담은 힘들겠구나 하는 생각이 앞선다. 30대 중반인 이씨는 수염을 길게 길렀고 냉담한 표정을 짓고 있다. 나는 악수를 청하며 얼마나 고생이 되느냐고 위로 인사를 건넸다.

만남은 인연인데 우리 함께 좋은 수필 한 편을 써 보자며 대화의 입구를 찾는다. 언제나 시작이 어렵다. 잠시 침묵이 흐른다.

"큰 물결에 휩쓸리지 않고 고정된 메커니즘에 저항하는 선생 같은 분이 없다면 민주주의는 곪게 될 것입니다." 하고 상대의 입장을 존중해 주며 대화의 물꼬를 튼다.

그는 침묵을 깨고 말문을 연다. 홀대받는 비정규직의 권익을 위하여 시위하는 중에 몸싸움이 있었고 이로 인하여 구금된 지 3개월이 되었다며 화(火)와 두려움으로 마음이 복잡하다고 한다.

　이때 준비한 먹을거리와 음료를 내놓고 같이 먹으면서 부드럽게 대화를 이끈다. 나는 상대의 기분이나 자존심이 상하지 않도록 연만한 내 나이를 알려 주고 대화 중에 교훈적인 말이 섞여도 양해를 바란다며 나의 견해를 피력한다.

　"화(火)를 가슴에 담아 두면 병이 됩니다. 쏟아 내야 합니다. 어려움이 있으면 해결할 방법이 있기 마련입니다. 우리 이 시간 허심탄회한 대화로 얽인 실타래를 풀어 봅시다. 내 나이 종심(從心)에 접어들고 보니 삶이 육안으로도 보이는 것 같습니다. 배움에서 얻은 진리보다 삶의 경륜에서 얻은 진리가 크기 때문이겠지요. 교과서적인 입발림보다 가슴으로 진지한 대화를 하고 싶습니다."

　그는 답답한 심기를 털어놓으며 "힘 앞에 인권이 침해되어도 되느냐." 며 불만을 토로한다. 나는 그의 표정을 읽으며 말을 잇는다.

　"누구나 소신과 생각은 존중되어야 합니다. 누가 틀렸다기보다 서로 생각이 다르다는 전제하에서 접근해야 된다고 봅니다. 인권이나 권익은 보호되어야 합니다. 하지만 쌍방 간에 어떤 경계를 침해하는 것은 공도동망(共倒同亡)의 결과가 될 것입니다. 미국의 인권 운동가 제시 잭슨은 기자들로부터 우익이냐 좌익이냐의 질문을 받고 '새들은 양쪽 날개로 난다.' 고 했습니다. 한쪽이 없으면 날지 못합니다. 새로운 생명력을 얻기 위해서는 상생(相生)의 갈등이 불가피합니다. 상호 갈등에서 야기되는 긴장 관계를 통하여 양쪽 모두 타락과 안일에 빠지지 않고 본연의 모습을 유지 발전시킬 수 있을 것입니다. 문제는 상생의 갈등이 아니고 적대적 갈등이 지배하고 있다는 것입니다. 서로 상대를 인정하고 극한 투쟁에 앞서 성숙한 대화가 절실합니다."

나는 이쯤에서 대화의 분위기를 다른 곳으로 유도한다. '가정 문제, 앞으로의 진로, 희망과 긍정, 시련과 역전'이라는 주제로 진지한 의견을 나눈다.

이씨는 조합원을 위한 소신은 변함이 없지만 시위할 때 흥분하여 행동이 과격했음을 반성하는 빛이 역력하다. 모레 항소심 재판인데 하루속히 출소했으면 한다. 나는 이 기회를 놓치지 않고,

"이 선생, 긴 수염을 깎을 수 없을까요." 하고 조심스럽게 말을 건넸다. "긴 수염이 어때서요." 한다. "젊은이가 수염을 길게 기르는 모습, 더구나 귀하의 현 위치에서 볼 때 멋이나 개성이라기보다 거부감을 주고 어딘가 반항적이고 공격적인 인상으로 비쳐질 수 있습니다. 판결은 정상에 따라 형량이 달라질 수 있습니다. 겸손하고 부드러운 이미지는 묵시의 반성으로 비쳐져 정상이 참작될 수도 있으니까요."라고 했다. 처음 만났을 때와 달리 그의 표정은 온화하다.

그는 "면도기가 있어야지요." 한다. 나는 순간을 놓치지 않고 입회한 교도관에게 부탁했다. 교도관도 긍정적으로 받아들여 1회용 면도기를 가져와 교도관 입회하에 화장실에서 긴 수염을 말끔히 깎았다.

인상이 확 달라졌다. 이씨는 아쉬운 듯 멋쩍은 표정을 짓는다. 나는 "이렇게 깔끔하고 미남인데!" 하며 덕담을 해 주었다.

어느새 정해진 시간이 지났다. 아쉬워하는 눈치다. 나는 마지막으로 하프타임을 강조한다. 축구 경기에서 전반전이 끝나면 15분의 하프타임이 주어진다. 지친 체력을 추스르고 전반전의 경기 내용을

분석하고 후반전에 대비한 작전 계획을 짜는 귀중한 시간이다.

"지금 선생이 이곳 구치소에 머무는 시간이 바로 하프타임입니다. 하프타임을 어떻게 이용하느냐에 따라 후반전 인생의 승부가 결정될 것입니다. 출소 후의 인생을 어떻게 살아야 할까를 고민하십시오." 하고 몇 마디 조언을 했다.

나의 전화번호를 알려 줄 수 없느냐고 한다. 알려 주었다. 그는 희망과 용기를 얻었다며 감사하다는 덕담을 잊지 않는다. 나는 이씨가 곧 출소하여 거듭난 삶으로 행복해지기를 기도한다.

3개월이 지난 어느 날, 전화벨이 울린다. 이씨한테서 걸려온 전화다.

"선생님 저 출소했습니다. 만나서 소주라고 한 잔 같이하고 싶습니다."

뿌듯하다. 인생은 서로를 응원해 주고 붙잡아 줄 때 아름답다는 생각을 했다. 그의 일이 내 일처럼 기쁘고 감사했다.

'내가 만약 한 사람의 가슴앓이를 멈추게 할 수 있다면 나 헛되이 사는 것은 아니리.' 의 시구(詩句)가 나에게 적용되었으면 좋겠다.

동행과 사이

그가 비를 맞으며 터벅터벅 걷습니다. 친구는 다가가 함께 비를 맞습니다. '동행'은 한 송이 장미가 아니라 함께 피는 안개꽃입니다. '사이'는 둘 이상이 만들어 내는 관계의 틈새입니다.

토끼와 거북이가 달리기 경주를 벌였다.

삼척동자에게 물어도 이것은 다윗과 골리앗의 싸움이다. 날쌘 토끼는 상대를 얕잡아 보고 결승점을 눈앞에 두고 여유를 부리며 풀밭에서 낮잠을 잔다. 쉬지 않고 달려온 느림보 거북은 토끼가 낮잠 자는 지점에 이르렀다.

'모르는 척하고 지나갈까, 깨워서 같이 갈까.'

거북은 자신의 분수를 안다. 경주에서 이길 것이라는 기대는 처음부터 없었고 포기하지 않고 결승점까지 가는 것이 목표였다.

거북은 "토끼야 일어나 같이 가자."며 토끼를 깨웠다. 토끼는 자신의 교만이 부끄럽고 거북의 넉넉한 마음이 존경스러웠다. 그들 사이에는 어느덧 정이 들어 어깨동무하고 결승점까지 동행했다.

두 번째로 보물찾기 대회가 열렸다.

숲 속에서 토끼와 거북은 보물을 찾느라 여념이 없다. 신나게 이곳저곳 숲속을 뒤지다가 거북은 보물을 코앞에 두고 운 사납게 올무에 걸려 몸부림친다. 근처에서 열심히 보물을 찾던 토끼가 달려와 그의 뾰족한 이빨로 올무를 찢어 거북을 구한다.

그들은 보물을 함께 찾아 기쁨을 나누며 사이좋게 동행한다.

어느 날 X는 승진하여 지방의 모 회사 지점 책임자로 발령을 받았다. 그는 어줍은 선비형이고 소심한 편이었으나 책임감은 강하고 화목을 덕목으로 여겼다. 작은 조직이지만 처음으로 수장을 맡다 보니 기쁨과 걱정이 함께한다.

직원들은 순수하고 열심이었다. X는 조직 내의 화합을 우선으로 삼고 직원과의 개별 상담은 물론, 직원들의 생일을 찾아 축하해 주고 격의 없는 소통에 마음을 담고, 실적거양에도 앞장을 섰다.

노사(勞使) 사이에는 같은 목표를 지향하는 과정에서 내 이익이 침해당하지 않을까 보이지 않는 틈이 동행 길에 상존하기 마련이다. X의 첫 번째 과제는 내부의 화합이다.

노조 지부장인 Y는 화통한 성격에 애주가이고 사교성도 돋보여 이 지역에서 마당발로 통한다.

어느 날, X는 노사 간의 화합과 협조를 위하여 Y를 초청하여 둘만의 술자리를 마련했다. X의 의중에는 조직원으로부터 술도 거의 못하는 고루한 샌님 같은 자신의 이미지를 불식시키고 색다른 면모를 보여 주려는 의도도 있었다.

X는 체질적으로 술에 약하여 평소 술을 거의 안 하지만 오늘만큼은 무리를 해서라도 대작할 작정이었다. 서로 술잔을 주고받고 서너 잔 오가면서 벌써 X는 홍당무가 되었다.

Y는 "지점장님, 과음하신 것 같은데 그만하시지요." 하면서 진심으로 건강을 염려한다.

X는 "우리가 어떤 사이입니까. 앞으로 한 목표를 향하여 서로 협조하고 어려움을 함께 고민하고 이해하면서 동행할 사이입니다. 사이가 커지면 동행은 멀어지고 사이가 좁아지면 동행은 끈끈합니다. 즐거운 마음으로 실컷 마시고 싶군요." 하며 두 병을 똑같이 마셨다.

Y는 X의 술 실력을 알기에 일부러 자기가 먼저 취한 체하며 "저는 취해서 더는 못 마시겠습니다. 제가 졌습니다." 하며 술잔을 놓는다. 이는 X의 자존심을 심어 주는 Y의 배려였고 동행의 사이를 좁히는 가교(架橋)였다.

X는 과한 술로 그날 밤 토하고 몸살을 했지만 기분은 좋았다.

그 후부터 X는 술도 잘 마신다는 소문이 돌았다.

X가 부임한 지 달포쯤 되었을 때, 뜻밖에 비 노조인 모 직원이 자체 감사에서 일 년 넘게 저질러 온 회계 부정사건이 적발되자 부정을 저지른 장본인은 어디론가 행방을 감췄다.

X는 책임감이 강한데다 처음 겪는 사고이고 이 지역의 정서에도 낯설어 심적 고통이 이만저만 아니다. X는 Y에게 협조를 당부하며

동행은 계산하지 않는 신뢰이고, 뒤로 쫓거나 앞서가지 않는다.
　너와 나, 우리들과 그들의 사이라는 관계성을 조화롭게 키워 갈 때 동행은 성숙한다.

　'동행'과 '사이'는 난로와 사람의 사이일 때 동행은 계속된다.

자신도 문제 해결에 나름대로 노력한다. 사고를 저지른 당사자가 잘못을 뉘우치고 변상만 하면 조용히 덮어 주고 새로운 사람으로 만들고 싶었다. 다행히 그와 연락이 되어 전액을 회수할 수 있었다. 그런 중에 수사기관이 들락거리고 사고 수습이 혼란에 처했다.

Y는 지면과 마당발을 최대 활용하여 이리 뛰고 저리 뛰며 난제를 완화하는데 큰 역할을 했다. 당사자가 사표를 내는 것으로 일은 마무리되었다. X는 재발방지를 위한 대책을 마련하고 Y를 비롯한 직원들에게 감사의 자리를 만들고 '사이' 와 '동행' 의 의미를 재음미한다.

얼마 후에 들은 이야기다.

Y는 "이번 사고 수습은 새로 부임한 X지점장이 역량을 발휘하여 크게 번질 뻔한 사고를 조용히 마무리케 했다." 며 노고를 X에게 돌렸다고 한다. Y의 인품이 돋보인다.

2년 후, X는 본사로 떠나고, Y는 세월이 가면서 조합원이 갈망하는 위치까지 자연스럽게 승마했다. 많은 세월 속에서도 그들 사이에는 인정이 동행한다.

동행은 계산하지 않는 신뢰이고, 뒤로 쫓거나 앞서가지 않는다.

너와 나, 우리들과 그들의 사이라는 관계성을 조화롭게 키워 갈 때 동행은 성숙한다.

'동행' 과 '사이' 는 난로와 사람의 사이일 때 동행은 계속된다.

주자(走者)들의 반란

한 해를 동행하며 삶의 질을 높여 줄 주자를 공모한다. 주인(主人)을 돕겠다는 언어들이 줄지어 자신이 적임자라고 얼굴을 내민다. 행복한 고민 끝에 건강·미소·절제·끈기를 주자로 선발하고 감독을 원칙으로 선임했다.

감독과 주자들의 소견을 들어 본다.

감독(원칙)

나는 원칙주의자입니다. 읍참마속(泣斬馬謖), 눈물을 흘리며 마속을 벤다는 뜻으로 공정한 일의 처리를 위해 사사로운 정을 버린다는 고사성어입니다. 원칙에 벗어나거나 소임을 다하지 못하면 가차 없이 벌하는 것이 나의 소신이고 철학입니다. 정의(情誼)나 감정(感情)을 빌어 자기의 역할을 소홀히 하지 않기를 바랍니다. 어떤 변명도 허용하지 않을 것입니다.

건강(健康)

나는 첫 번째 주자로서 주인님의 옥체를 강건하게 지켜 드리겠습니다. 건강을 잃으면 모두를 잃습니다. 희망도, 의욕도, 행복도 건강 안에서만 존재하니까요. 정심(正心), 정식(正食), 정동(正動)으로 정신 건강과 육체 건강을 단련하여 주인님을 보살펴 드리겠습니다.

미소(微笑)

나는 누구에게나 친근감을 주는 만인의 연인입니다. 나는 사랑과 용서, 포용과 겸손을 감성으로 채색한 표정으로 주인님이 웃음을 잃지 않도록 하겠습니다. 케네디의 넉넉한 미소가 침울한 표정의 닉슨을 이겼습니다. 우리가 행복한 것은 미소 짓는 특권을 지니고 있기 때문입니다. 웃으면 복이 옵니다. 일소일소(一笑一少) 일노일로(一怒一老)입니다.

절제(節制)

자신을 알맞게 조절하는 것이 나의 임무입니다. 유혹이나 방종에 이르지 않도록 감정적 욕구를 제어하여 후환을 사전에 예방할 것입니다. 과유불급(過猶不及), 지나치면 미치지 못한 것과 같습니다. 과욕, 과식, 과로, 극단의 언행을 자제하고 중용(中庸)을 지킬 것입니다. 비합리적인 감성과 합리적인 이성을 적절히 섞어서 넘치거나 모자람이 없도록 주인님께 조언하고 설득할 것입니다.

끈기

　나는 끈질기게 참고 견디며 헤쳐 나가는 기질을 지녔습니다. 주인님은 아름답게 끝을 마무리하라고 나를 마지막 주자로 바통을 넘겨 주었습니다. 나는 쉽게 포기하지 않습니다. 고진감래(苦盡甘來)를 가슴에 품고 작심삼일(作心三日)을 짓밟고 시종일관(始終一貫), 끈기 있게 뛰겠습니다.

　주인은 감독과 주자들의 소신과 의지를 듣고 만족한 미소를 짓는다. 감독인 '원칙' 은 주자들을 집합시키고 원칙에 따라 일정(日程)에 어긋남 없이 완벽하게 각자 소임에 철저히 임하라고 엄명한다. 주자들은 긍지를 안고 자기 역할에 열중한다.

　화창한 어느 봄날이다. 봄기운에 젖어 꽃도 보고, 임도 보고 싶었다. 주자들은 의기상투하여 "쌓인 스트레스를 날리고 화합과 미래의 동력(動力)을 충전하는 의미로 며칠간 여행을 떠나자."고 감독에게 건의했다. 감독은 귀담아 듣지 않고 일언지하에 묵살한다.

　감독은 주자들의 현상(現狀)을 감안하지 않고 원칙적이고 완벽한 결과를 기대하며 경주를 강행한다.

　"우리가 신이 아닌데 어떻게 완벽할 수 있겠는가." 하며 주자들은 감독에 대한 불평이 팽배한다.

　어느 날, '건강' 이 과로로 몸살감기에 걸렸다. 편히 쉬고 싶었다. 하지만 감독은 감기쯤이야 운동하면 낫는다고 정해진 스케줄에 따라 원칙대로 강행케 한다.

감독의 생각과 달리 건강은 악화되어 폐렴으로 전이되었다.

주자들은 웅성거리며 그간 참았던 불만을 폭포수처럼 쏟아 낸다. 곱던 미소(微笑)는 고소(苦笑)로 얼굴을 바꾸고, 절제는 감정을 자제 못하고 감독에게 격렬하게 반항한다. 끈끈하게 침묵을 지키던 끈기마저 더는 못 버티겠다고 경기장을 떠난다. 주자들의 반란이고 감독에 대한 불신임이다.

감독은 그런 와중에도 주자들의 행태가 원칙에 위배된다고 주인에게 처벌할 것을 건의한다.

주인은 장고(長考) 끝에 심각한 표정으로 감독과 주자들을 소집한다. 그간 함께해 준 감독, 주자들에게 수고했다며 위로의 말을 전하고 심각한 표정을 짓는다.

태강즉절(太剛則折), 너무 강하면 부러지기 쉽다는 사자성어를 꺼낸다. 주자들의 반란은 주인의 부덕(不德)한 탓이고 결자해지(結者解之)라며 책임을 자신에게 돌린다. '원칙' 인 감독에게는 "지식은 있으나 지성(知性)이 부족했다."고 아쉬움을 표하며 말을 잇는다.

지식은 읽고 배우면 얻을 수 있지만 지성은 냉철하되 냉혹하지 않는 판단력과 나와 다른 것을 이해하고 강함을 다스릴 줄 아는 관용의 덕목을 지녀야 한다. 현실을 무시한 이상(理想)은 공염불이다.

인(仁)·의(義)·신(信)·행(行) 같은 덕목(德目)이나 건강, 미소, 절제, 끈기는 추구하는 것이지, 완벽을 기할 수는 없다고 일침을 가한다.

주인은 자진 사퇴한 감독의 후임에 '최선' 을 감독으로 임명하면서 "원칙 없는 최선은 없다."며 원칙의 큰 틀에 지혜를 첨가한다.

새로 부임한 감독(최선)은 "우리는 주자이기 이전에 주인을 섬기는 한 가족이다. 팀워크는 능력보다 화목이, 완벽보다 최선이 우선이다. 각자 소임에 최선을 기대한다. 지난 일을 반면교사로 삼아 각자의 역할이 완벽하지 못해도 포기하지 말고 최선을 다하자."고 사랑의 손을 내민다.

불만이 화합으로 바뀌고 주자들은 원위치로 돌아와서 새로운 각오로 파이팅을 외친다.

굽힐 줄 모르는 강철보다 흔들리면서 부러지지 않는 대나무가 더 강하고 지혜롭다. 원칙 안에서 최소한의 예외는 문제 해결의 실마리가 될 수 있다.

너무 강하면 부러진다 했던가.

그렇게 가시다니요

우강(牛崗) 선생님.

그렇게 가시다니요. 어이가 없어 말문이 막힙니다. 인명은 재천이라지만 우강 선생의 타계는 배리(背理)입니다.

세월 따라, 사람 따라 내려야 할 저승 역이 따로 있습니다. 우강 선생은 내려서는 안 될 역에서 내리셨습니다. 믿기지 않는 현실 앞에 이의를 달 수 없어 가슴이 저립니다.

병술년 9월 11일.

지하철 입구에서 핸드폰 벨 소리가 음산하게 떨렸습니다. "김 선생님이세요? 이병천 씨가 돌아가셨습니다." 사모님의 망연자실(茫然自失)한 음성이 캄캄하게 식어 갑니다. 귀를 의심하며 몇 번이고 "무어라고요?"를 반복했습니다. 분명 꿈이 아닌 생시입니다. 엊그저께도 점심을 같이하고 차를 마시며 담소를 했는데 무슨 날벼락입니까. 하늘이 노랗습니다.

이날 아침 출근하려는데 몸에 이상을 느껴 병원으로 모시는 도중에 심근경색으로 소천하셨답니다. 그렇게도 사랑하시던 가족에게 덕담 한마디 없이 가셨다니 덕망 있고 박식하신 우강 선생께서 어찌 그리 매정하십니까.

뜻밖의 비보를 전해 듣고 선생님 영전에 문우들이 모여 안타까움과 슬픔을 안고 명복을 기원했습니다.

우강 이병천 선생님.

오늘은 선생님이 타계하신 지 한 달이 되는 날입니다.

심안(心眼)으로 선생님의 영령(英靈)이라도 만나고 싶어, 생전에 집무하시던 인사동 우강서예 사무실 앞에 왔습니다. 반갑게 맞는 환청(幻聽)이 저를 더 슬프게 했습니다.

한참을 서성이다가 우리가 자주 점심을 같이하던 '솔밥참숯갈비집'에 왔습니다. 혼자 먹으려니 눈물이 납니다. 선생의 환영(幻影)과 마주하며 갈비탕 한 그릇을 비웠습니다. 그리고 바로 길 건너 건국다방에 왔습니다.

이 찻집은 종업원도, 손님도 나이 든 분들이고 담배 연기도 자욱하지만, 상호도 차 맛도 인사동 골동품 닮았다면서 자주 들르던 곳이지요. 선생님의 체온이 따뜻하게 느껴 옵니다. 나는 청승맞게 커피 한 잔을 시켜 놓고 우강 선생을 추모하며 이 글을 씁니다.

『아직도 할 일이 있다』는 수필집 출간이 얼마 전인데, 할 일이 많다던 크고 작은 일들을 목전에 두고 어찌 눈을 감을 수 있습니까. 왜 그렇게도 귀히 여기시던 사모님께 위로의 말 한마디 없이 떠나셨습니까. 하기야 타계 자체가 반리(反理)이니 유구무언(有口無言)이 당연한지도 모르겠습니다. 참으로 비극입니다.

우강 선생님은 평소 땅에 떨어진 도덕을 바로 세우려고 항변하셨고, 언행으로 모범을 보이셨습니다. 고희(古稀)를 갓 넘으신 선생께서는 나이도, 정열도, 의욕도 황혼이 아닙니다. 아직도 피워야 할 꽃이 많고, 붉게 물들인 해 질 녘의 열매도 추수할 시기가 아닙니다.

선생님의 면면을 추상(追想)해 봅니다.

우강께서는 『며느리와 명심보감』 첫 수필집에 기고한 여러 작품을 통하여 현 사회의 만연된 오수(汚水)를 청수(淸水)의 교훈으로 채찍질하셨습니다.

선생님의 별명은 '명심보감(明心寶鑑)' 입니다. 외국어대 중국어과를 졸업하신 선생님은 한학자이시고 한시, 서예가, 수필가로서 대한민국 서예대전 초대작가, 심사위원을 역임하시면서 우강서예연구원장으로 후학을 위해 진력하신 참 예술인이셨습니다.

세 분 며느리를 맞이할 때 '명심보감' 수학을 조건으로 하신 분입니다. 손수 명심보감을 며느리 될 사람에게 가르치고 숙제의 부담도 주었지만 그것이 시아버지와 며느리의 어색한 벽을 허물고 딸처럼 편안하게 만든 가교(架橋)였다고 하셨습니다.

제가 섬 여행 중에 생 다시마를 우송했는데 '금일도에서 날라 온 다시마' 라는 제목으로 글을 쓰셨습니다. 남의 작은 성의를 크게 감사하시는 분입니다.

선생은 평소 효(孝) 사상을 상선약수(上善若水)의 덕목으로 삼으

선생님께서 선물로 '布德行惠'라고 직접 써서 구워 주신 도자기에서
선생님의 은덕(隱德)을 봅니다.
선생님은 짧은 한평생을 노송처럼
녁녁한 인품으로 많은 분들에게 그늘이 되어 주셨습니다.

셨고, 효가 시들어 가는 오늘의 현실을 안타까워하셨습니다.

찻집 종업원이 "선생님 커피가 다 식었네요." 하며 가벼운 미소를
던지고 갑니다. 이곳에서 두 시간을 넘겼으니 눈치도 할 만하지요.
아직 글 끝맺음이 남아서 녹차 한 잔을 더 주문했습니다.

우강 선생은 형님 같은 분입니다. 우리는 사무실이 서로 가까이
있어서 자주 만나 다방면으로 대화를 나누었습니다.

"인사동은 우강 선생이 있어서 따뜻하고 광화문은 김 선생이 있
어서 외롭지 않다."고 주고받던 덕담이 새록새록 피어납니다. 오

늘 따라 인사동도, 광화문도 왜 이렇게 고적한지 모르겠습니다. 사람들도 추워 보이고 나도 춥습니다. 저승은 이승과 영역이 달라 만남도 편지도 전화도 불통이니 쓸쓸한 안개는 오래 머물 것 같습니다.

　우강 선생님.

　보고 싶습니다. 그곳 생활이 궁금합니다. 생(生)과 사(死)는 동전의 양면이고 연리지(連理枝)라 하셨지요. 그렇습니다. 익숙한 곳에서 머물다가 낯선 자리로 옮기는 것뿐이지요.

　선생님께서 선물로 '布德行惠'라고 직접 써서 구워 주신 도자기에서 선생님의 은덕(隱德)을 봅니다. 선생님은 짧은 한평생을 노송처럼 넉넉한 인품으로 많은 분들에게 그늘이 되어 주셨습니다. 저승에서도 안분지족(安分知足)하실 것입니다.

　미움도 갈등도 죄악도 없는 천국에서 좋은 글 많이 쓰시고 행복하세요. 우표 없이 보내는 이 졸문(拙文)이 바람이라도 타고 배달되었으면 좋겠습니다.

　생자필멸(生者必滅)이라 했으니 만날 날은 기약되었습니다.
　삼가 명복을 빕니다.

그 수석에 담긴 뜻은

가면 서운하고 안 가면 가라고 성화다. 혼기의 자식을 둔 부모의 심경이다.

외풍 없는 조롱(鳥籠)에 파랑새 세 마리가 살았다. 조잘조잘 수다 떨면서 사이좋게 지냈다. 따스한 봄 햇살이 비추는 어느 날, 첫째 새가 짝을 찾아 양지에 둥지를 틀었다. 얼마 전에는 둘째 새가 바깥을 기웃하더니 짝을 만나 파란 숲에 보금자리를 마련했다. 이들은 떠난 것도, 잃은 것도 아니고 믿음직한 두 아들을 물고 온 것이다.

하나 남은 막내 파랑새가 쓸쓸해 보인다. 하지만 이 새도 머지않아 짝을 만나 새로운 보금자리를 찾아 떠날 것이다.

세월이 무상하다. 아내의 면사포를 대면한 지가 엊그제 같은데……

월만즉휴(月滿則虧休), 달도 차면 기운다 하지 않았던가. 나뭇잎도 때가 되면 어미 품을 떠나는데, 인간사 모든 것도 마찬가지 아니겠는가.

금년 가을, 둘째 딸이 결혼했다.

시인 하이네는 "결혼은 어떤 나침반도 항로를 발견할 수 없는 거친 바다의 항해."라고 했다. 나는 사랑하는 딸과 사위에게 만만치 않는 인생 항로에 길라잡이가 되고 교훈이 될 정표(情表)를 새겨 주고 싶었다. 고심 끝에 수석장(壽石欌)에서 석질이 강하고 공처럼 둥글고 수마(水磨)가 잘된 돌 한 점을 꺼냈다. 이십여 년 전에 한적한 남도의 어느 바닷가에서 만난 애석(愛石)이다.

나는 한때, 수석에 심취되어 전국 산천을 누비며 탐석에 열을 올렸다. 수석은 '자연을 축소한 작은 우주' 이고 '인간과 자연이 나누는 침묵의 대화' 라는 생각이 든다. 지난날 서툰 솜씨로 좌대(돌 받침대)를 깎으면서 전문가들의 작품을 모방하기보다 내 나름의 창작으로 돌과 좌대의 만남을 예술로 승화시켜 보려고 애태우던 기억이 새록새록 솟는다.

조각칼을 들었다. 널빤지를 잘라 돌의 체형에 맞게 재단했다. 수석의 품위를 높여 보려고 애썼다. 예술성과 안정성의 조화를 심미적(審美的) 감각으로 표현하고 싶었다. 손에 물집이 생기고 멍이 들어도 아랑곳하지 않고 반복해서 깎고 파고 다듬었다.

자정이 지나니 초침 소리가 굵어진다. 사각사각 조각칼이 움직일 때마다 고요한 밤이 흔들린다. 여러 종의 사포로 반질반질하게 문지르고 마지막 커피색으로 은은하게 채색하고 광을 내기까지는 며칠이 더 걸렸다. 서툴지만, 돌이 한 점의 수석으로 탄생할 때의 기분은 짜릿했다.

첫째, 돌처럼 변하지 말고,
둘째, 잘 수마된 이 둥근 수석처럼 모나지 않고,
셋째, 인내심을 갖고 기다리라는 대기만성의 메시지다.

이렇듯 정성들여 만든 이 원형(圓形) 수석을 딸에게 주는 뜻은 이렇다.

첫째, 돌처럼 변하지 말고 초심(初心)을 영원히 간직하라는 메시지다. 살면서 어려운 처지에 놓이더라도 변함없는 사랑·믿음·소망 그리고 열정과 순수를 간직하며 초지일관으로 원형(原形)을 잃지 말라는 당부다.

둘째, 잘 수마(水磨)된 이 둥근 수석처럼 모나지 않고 둥글게 처신

하라는 메시지다. 교만이나 독선, 편견에 휩쓸려 어느 한쪽에 치우 치지 않고 온당하기를, 넘치거나 부족함이 없이 중용(中庸)의 덕목을 언제나 지니기를 바라는 내 뜻이다.

셋째, 인내심을 갖고 기다리라는 대기만성(大器晩成)의 메시지다. 꽃을 빨리 보겠다고 꽃봉오리를 후빈다 해서 꽃이 빨리 피던가. 덕을 쌓는 것이 하루 이틀 사이에 이루어지는 것이 아니다.

오돌토돌 튀어나오고 움푹움푹 패인 강도 높은 돌이, 둥글게 깎아 놓은 대리석처럼 반들반들하게 수마가 되기까지는 하루 이틀에 이루어진 것이 아니다. 오랫동안 갖은 역경 속에서 눈보라에 휘말리고, 폭풍에 부딪치고, 파도에 씻기고, 햇볕에 달궈져 한 점의 수석이 된 것이다. 이는 긴 세월 동안 묵묵히 힘든 인고를 견뎌 낸 끈기와 기다림의 결정체이다.

며칠 전, 사위의 저녁 초대로 딸네 집에 갔다. 진열대의 가장 중심 자리에 그 수석이 우아한 품위를 지니고 있었다. 이 수석이 지닌 참 뜻을 딸과 사위가 이해하는 것 같아 고맙고 기분이 좋았다. 이 수석이 단순한 장식품이 아니길 바란다.

생각이 꽃처럼 아름다운 것에 그치지 않고 실천이 열매로 맺어 행복하게 살아 준다면 더없이 고맙겠다.

2부_아침볕과 저녁볕

푸른 잎은 붉게 물들고 해는 서산에 머문다.
상행선을 타고 달리던 아침볕은 세월의 그물망에 걸려
하행선으로 환승하고 저녁볕으로 얼굴을 바꿨다.

아침볕과 저녁볕

저녁볕이 강단에 섰다.

대상은 신규 채용자와 퇴직 예정자들이고 강의 과목은 〈선배와의 대화〉다. 신규자가 '아침볕'이라면 퇴직자는 '저녁볕'이다.

이들은 서로 다른 모습을 띠고 새로운 인생 여정의 입구에 서 있다. 한쪽은 시작이고 다른 한쪽은 또 하나의 시작이다. 동녘이고 서녘이다. 봄이고 가을이다. 상행선이고 하행선이다. 설레는 진달래꽃이고 사색하는 들국화다.

어림잡아 아침볕은 30년이고, 저녁볕도 30년이다.

나는 아침볕을 벗어나 저녁볕에 들어선 지 14년째다. 새싹이 돋아나고 꽃피는 봄, 신규자반 강의가 시작되었다. 그들의 표정에는 생기가 돌고 풋풋한 설렘이 역력하다. 지난날, 나의 신규 피교육자 시절과는 격세지감이다. 그들의 학습 분위기는 자유로우면서 생동감이 있고 질서가 있다.

각 반마다 4개 분임조로 편성되었고 각 분임마다 자신들의 이미지나 비전을 제시하는 슬로건을 여기저기에 화려하게 붙여 놓았다. 책상 위에는 학습장과 함께 꽃과 과일, 과자, 음료 같은 먹거리를 놓고 자연스럽게 수업을 받는다. 교단에는 파워포인트나 동영상 같은 갖가지 기자재가 준비되어 있다.

나는 이들 안에서 또 하나의 봄을 만나면서 강의에 임한다.

"여러분은 어려운 관문을 뚫고 많은 젊은이들이 부러워하고 갈망하는 공무원이 되었습니다. 축하합니다. 자랑스런 자신을 향하여 큰 박수를 보내세요." 했다. 순간 와— 하며 모두 자신에게 큰 박수를 힘껏 치고 만면에 미소를 띤다. 타인에게 보내는 박수보다 더 아름답고 신선했다.

'이제부터 시작이다' 는 주제로 두 시간 강의를 이어 간다.

나는 이들이 접해 보지 못한 공직 생활을 30년 넘게 했다. 이 과정에서 이상과 현실이 충돌하면서 배움이나 책을 통해서 얻은 진리보다 삶에서 얻은 진리가 크다는 것을 깨닫게 되었다. 이 사생(寫生)을 아침볕에 쪼여 주어야 할 책임을 느낀다.

"수영은 이론이나 머리로만 배울 수 없습니다. 저는 여러분의 선배로서 소중한 이 시간, 어떤 학문적인 이론이나 지식을 전달하려는 것이 아닙니다. 재임 중에 체험한 것, 성공한 동료들이나 선후배의 공직 생활을 예의 분석한 실상을 재생하여 앞으로 여러분이 접할 실무에 도움이 되고 응원이 되었으면 하는 마음입니다. 여러분은 선택된 아침볕입니다."라고 격려하며 강의를 진행한다.

한 사람 낙오자 없이 30년 아침별을 이고,
　　　　무난히 정상에 올라 값진 땀을 닦으며 웃었으면 좋겠다.

아침별의 전도에 햇살이 가득하길 기원한다.

지난날 강단에 섰던 경험을 살려 강의 중에 질문을 유도하거나 짤막한 여러 유형의 감동적인 예화나 유머를 섞어 성인교육의 지루함을 달랜다.

강의 내용 중 '관계'와 '도전'에 많은 비중을 할애했다. 관계는 생활인의 매체로써 성공을 좌우하는 무형의 능력이고, 도전은 미래의 꿈을 실현하는 적극성이기 때문이다.

두 시간이 훌쩍 지난다.

화창한 봄날, 동녘의 아침볕은 따뜻했다. 긍정적인 마인드로 성의껏 수업에 임해 준 새내기 공무원들에게 감사한다. 박수 소리를 들으며 "끝이 아름다워야 한다."는 말로 강의를 마쳤다.

그들은 공직이라는 짐을 지고 등산할 준비를 하고 있다. 나도 그랬듯이 등산로가 평탄한 것만은 아니다. 완만한 등반길에서 산딸기도 따먹고 화려한 꽃들도 만나지만, 때로는 절벽 같은 깔딱고개도 넘어야 하고 로프를 지녀야 오를 수 있는 암벽도 만난다. 한 사람 낙오자 없이 30년 아침볕을 이고, 무난히 정상에 올라 값진 땀을 닦으며 웃었으면 좋겠다.

아침볕의 전도에 햇살이 가득하길 기원한다.

가을이다. 나는 설익은 저녁볕을 이고 강단에 섰다. 대상은 정년퇴직 예정자들이다.

푸른 잎은 붉게 물들고 해는 서산에 머문다. 상행선을 타고 달리던 아침볕은 세월의 그물망에 걸려 하행선으로 환승하고 저녁볕으로 얼굴을 바꿨다.

저녁볕은 30년이나 남았는데 표정에는 아쉬움과 쓸쓸함이 배어 있다. 그래도 한때 같이 일했던 동료 후배들이 많아서 반가웠다.

사색이 깊어 가는 가을의 입구에서 후배님 여러분을 다시 만날 수 있어서 반갑다는 따뜻한 인사를 나눴다.

"삼십여 년 동안 국가를 위해 성실이 봉직하고 영예로운 정년을 맞이하는 여러분, 축하합니다. 수고하셨습니다. 그리고 긴 세월을 아무 사고 없이 정년을 맞이하는 것은 자랑이고 축복입니다. 여러분 자신에게 큰 박수를 보내세요." 했다. 그들의 박수 속에는 환희와 아쉬움이 교차한다.

내가 강의할 과목은 〈선배와의 대화〉이고 강의의 주제는 '100세 시대를 대비하자' 이다.

정년은 잃은 것도 많지만 얻은 것도 많다. 인생은 어느 곳에서 출발했느냐보다 어떻게 마쳤느냐가 중요하다.

'좁은 문' 의 저자인 앙드레 지드는 "늙는 것처럼 쉬운 일은 없다. 가장 어려운 일은 아름답게 늙는 것이다." 했다.

나는 일방적인 강의를 지양하고 이들과 대화를 주고받으면서 내 생각을 전한다. "저녁볕은 여생이 아니고 삼십 년을 함께할 제2의 인생입니다. 여러분이 오랫동안 아침볕에서 쌓아 온 보석을 녹슬어 없애기보다 닳아서 없어질 때까지 활용해야 합니다." 하며 저녁볕의 정열을 강조했다.

신규자들에게는 '관계와 도전' 에 역점을 두었다면, 퇴직 예정자들에게는 '관계와 앞으로 해야 할 일' 에 주안점을 두었다.

나를 비롯한 많은 정년퇴임한 분들의 다양한 생활상을 단순형과 발전형으로 요약하여 삶의 의미를 이들 저녁별에 심어 주어야 할 책임을 느낀다.

단순형은 뚜렷한 목표 없이 추우면 따뜻한 양지나 찾고 더우면 그늘을 찾아다니며 그럭저럭 여생을 보내는 삶이다. 발전형은 앞으로 30년 동안 새로운 인생에 수놓을 확고한 목표를 세워 의욕적으로 생활하는 또 하나의 시작이다. 나는 이들 모두에게 발전형을 권유하며 대화를 잇는다.

"사랑하는 후배 여러분, 그간 제도권에 묶여 하고 싶어도 할 수 없었던 일감을 꺼내어 황혼을 붉게 물들이고 마지막 웃어야 합니다. 중요한 것은 어떤 길을 어떻게 걸어갈 것인가를 고민해야 합니다." 라고 문제를 제시하고 평생을 함께할 수 있는 지속적인 일감을 찾는 숙제를 안기고 진지한 토론을 벌였다.

이들은 선택의 갈림길에 서 있다. 의욕만을 앞세워 너무 이상적이거나 다양한 일거리를 동시에 선택하는 것은 하나도 실천 못하는 욕심일 뿐이다. 건강, 적성, 환경을 신중히 고려하여 자기 분수에 맞는 선택을 강조했다.

내가 정년을 앞두고 구상했던 것, 그리고 퇴직자들이 현재 성공적으로 하고 있는 일들의 사례를 들어 이들의 선택에 참고토록 했다.

저녁별 강의는 질문도 많았고 능동적이었다. 그들의 포부와 깊은 생각을 들을 때는 나 스스로 피교육생이 된 느낌이다. 종료할 시간이 되었다.

"저녁별이 저물어 가는 것은 두렵지 않습니다. 하지만 삶의 열정이 식어 가는 것이 두렵습니다. 끝이 아름다워야 합니다." 라는 말로

강의를 마쳤다. 시든 꽃자리에 탐스런 열매가 맺어지길 기대한다.

아침볕은 이제부터 시작이고, 저녁볕은 이제부터 또 하나의 시작이다. 30년 아침볕엔 태양이 찬란하고, 30년 저녁볕엔 석양이 진했으면 좋겠다.

나를 뒤돌아본다.

나는 지금 어떤 색깔로 저녁볕을 태워 가고 있는가.

100세 시대를 대비한 하프타임

금쪽같은 세월이 감쪽같이 흘러간다. 지나간 세월을 아쉬워하기보다 남은 세월을 바라보며 앞으로 걸어가야 할 로드맵을 그린다.

축구는 전반전과 후반전 사이에 15분간의 하프타임(half-time)을 갖는다. 지친 체력을 추스르고 후반전을 대비하여 전반전의 경기 내용을 면밀히 분석하면서 장점은 살리고 단점은 보안하여, 후반전을 승리로 이끌 수 있는 작전 계획을 세우는 틈새가 하프타임이다.

한 해가 가고 새로운 해가 오는 길목에서 전반전 종료를 알리는 휘슬과 함께 하프타임을 맞는다. 오늘까지 살아온 생애를 전반전이라 한다면, 내일부터 시작되는 인생의 여정이 후반전이다. 후반전은 여생이 아닌 제2의 인생의 시작이다.

인생은 어느 곳에서 출발했느냐보다 어느 곳에서 어떻게 마쳤느냐가 더 의미가 있지 않을까. 유명한 극작가이고 비평가인 버나드 쇼의 묘비에는 "우물쭈물하다가 내 이럴 줄 알았지."라고 쓰여 있다.

이 소중한 하프타임을 통하여 전반전의 삶 중에서 버릴 것, 채울 것, 바꿀 것은 없는지, 후반전을 승리로 이끌어 갈 방안 마련에 고심한다.

우리는 누구나 자기 생애의 감독이고 주인공이다. 인생을 축구 경기에 비유하여 골키퍼에 '건강', 수비진에 '관계', 공격진에 '역할'을 팀워크로 내세워 100세 시대를 대비한 경기에 임한다.

건강(골키퍼)

나이는 외관상 건강의 기본이다.

80세인 분에게 연세가 어떻게 되지요? 물었다. "호적 나이는 진작 버렸고 생체(生體) 나이는 56세입니다." 한다. 연구 결과에 의하면 법정 나이에 0.7을 곱한 나이가 '건강 나이'라고 한다.

축구 경기에서 공격진이 아무리 강해도 골키퍼의 실력이 녹슬면 골문이 쉽게 열리기 마련이다.

현재 노인의 기준인 65세는 평균 기대 수명이 50세였던 19세기 후반 독일 비스마르크 때 정해졌다. 당시 65세를 지금으로 본다면 90세쯤에 해당된다. 지금은 평균 기대 수명이 남자 80세, 여자 86세(2012년 3월 한국보건실업진흥원 발표)이다.

서울대 노화고령사회연구소 박상철 소장은 "노화는 비가역적이고 불가피한 변화가 아니라 가역적이고 능동적인 변화."라고 한다.

나 자신부터 나이가 많다거나 늙었다는 생각을 버리고 섭생(攝生)과 환경, 평심서기(平心舒氣)로 20년을 접고 젊음을 지켜야겠다.

"노화는 비가역적이고 불가피한 변화가 아니라
        가역적이고 능동적인 변화."라고 한다.

나 자신부터 나이가 많다거나 늙었다는 생각을 버리고
        섭생과 환경, 평심서기로 20년을 접고 젊음을 지켜야겠다.

관계(수비수)

관계는 인체의 허리 역이고 축구 경기에서는 수비수에 해당된다.

경제적인 여유도 있고 건강이 좋은데도 타인과의 관계가 원만치 못하다면 역할은 외면당하고 자기 역량을 최대한 발휘할 수 없다.

후반전을 승리로 이끌기 위해서는 대인 관계가 원활해야 '역할' 이 제 기능을 발휘할 수 있다.

내 인생의 전반전을 떠올려 본다. 생각처럼 사람들과의 관계가 좋지만은 않았다. 반성과 함께 후반전에 임하는 관계의 청사진을 구상한다.

하프타임을 빌어 관계의 근본을 높이보다 깊이로, 자본 논리보다 인간 논리로 변화시켜야겠다.

공격진에 힘을 실어 주고 후반전을 안정적으로 이끌어 가기 위하여 감독은 '한글 사자성어'를 엮어 원만한 대인 관계를 권면한다.

채울 것으로, '용 · 감 · 배 · 당(용서, 감사, 배려, 당당)'을 주문한다.

용서는 마음의 짐을 더는 겸손이고 새로운 관계의 시작이다. 미움과 분노는 상대를 보복할 수 있는 칼날이 못되고 내 안에서 화를 키우는 독소일 뿐이다.

감사는 관계의 최고 덕목이고 얽힌 관계의 해결사이며, 배려는 여러모로 마음을 써 주고 염려해 주는 따뜻한 마음이다.

당당함은 용기이고 교만이 아닌 자존심이다. 할미꽃은 장미 앞에서 자기 꽃을 당당히 피우고 비교하지 않는다.

버릴 것으로, '가 · 교 · 험 · 화(가장, 교만, 험담, 화냄)'를 사자성어로 엮는다.

가장(假裝)은 진실을 호도하는 꼼수다. 그것을 감추기 위하여 10배 이상 애써야 한다. 그래도 언젠가 꼬리가 잡히기 마련이다.

교만은 높아지려다가 낮아지는 추한 몰골이다. 겸손은 지고도 이기고 교만은 이기고도 진다.

험담은 남을 헐뜯고 비하하다가 자신이 맞는 화살이다. 말하는 자신, 듣는 이, 대상에게 피해를 입히는 경한 인격이기도 하다.

화를 내는 것은 속이 좁다는 표현이고 병과 사고를 자초하는 어리석음이다.

원만한 관계를 유지하기 위하여 '채울 것' 과, '버릴 것' 의 사자성어를 항상 가슴에 품고 필요할 때 꺼내어 마음을 추스르라고 한다.

역할(공격수)

역할은 건강과 관계의 도움을 받아 하고 싶은 일을 공격적으로 실천하는 일이고, 젊음을 지속하기 위한 도전이다.

사회심리학자들은 "생각에 따라 인생의 오후는 해방과 만족을 누릴 수 있고 진정한 자아실현의 계기가 될 수 있다."고 한다. '이 나이에' 라는 관념만 극복한다면 생의 르네상스를 새롭게 구축할 수 있다고 감독은 일러 준다.

그간 제도권에 묶여 하고 싶어도 못했던 일들을 풀어 놓고 행복한 고민을 한다. 단순히 놀이 같은 레크리에이션만으로 청청하고 아까운 후반전을 빼앗길 수는 없지 않은가.

정말로 하고 싶었던 일을 깊숙이 들여다본다. 적성에 맞는 일, 학습, 취미, 봉사 같은 일감을 선택하여 역할을 즐겁게 유지하고 활용하는 것은 머리와 몸의 노화방지에도 보탬이 된다.

늦었다고 생각할 때가 적기라고 했다. 나는 후반전인 이순(耳順)에 이르러서야 글밭에 들어섰다. 비릿한 경쟁으로 앞서가겠다는 욕심도 없다. 묵묵히 걷고 싶을 뿐이다.

100세 시대를 내다보면서 마음으로만 품었던 봉사활동도 곁들여야겠다. 감독은 후반전 시작의 휘슬이 울리기 직전, '건강·관계·역할'에게 '이제부터 또 하나의 시작이다.'를 전면에 내세워 100세 시대를 대비하여 자기 본분에 최선을 다하라고 마지막 하프타임의 작전 지시를 내린다.

선수들은 파이팅을 외치며 그라운드 자기 위치로 들어간다.

전속 이발사

옷이 날개라면 두발(頭髮)은 무엇일까. 헤어스타일은 첫인상을 좌우하고 그 사람의 성품을 어림케 한다.

나는 두발 관리에 까탈스런 편은 아니다. 이발관에서도 드라이기로 머리칼을 억지로 눕히거나 세우지 않는다. 포마드도 바르지 않는다. 하지만 이발할 때마다 부담을 느낀다. 이발을 마치고 거울을 보면 깔끔하고 기분이 상쾌해야 하는데 그렇지 못하다. 어쩐지 부자연스럽고 어줍은 샌님이나 볼품없는 기생오라비처럼 느껴진다. 며칠이 지나야 자연스런 모습을 찾는다.

대부분 사람들은 예의를 갖추어야 할 경우나, 행사가 있기 바로 전에 단정하게 이발을 한다. 하지만 나는 닷새쯤 전에 이발을 한다. 이발 직후 부자연스럽게 꾸며진 모습이 싫어서다.

벌써 20년은 훌쩍 지난 어느 겨울날에 있었던 일이다.

근처에 미군 기지가 있는 어느 도시에서 기관장 모임 행사를 마치고 시간이 어중간하게 남았다. 날씨는 춥고, 이발할 때가 되어 이리저리 헤매다가 이발소 간판이 보여 들어갔다.

상의를 벗고 넥타이를 풀고 의자에 앉았다. 조명이 어둡고 일반 이발관과 어딘지 다른 분위기다. 면도하는 젊은 여인한테서는 분 냄새가 짙게 났다. 그녀는 겨울인데도 얇고 섹시한 옷을 입었다. 나는 눈을 감았다. 그녀의 가슴이 내 어깨에 와 닿는다. 고의가 아니겠지 하고 침묵을 지키는데 점입가경, 노골적으로 접근한다. 기분이 묘하기도 하고, 성인군자는 아니지만 어쩔 수 없는 샌님이라 불편하기만 했다. 나는 그녀의 자존심을 배려하여 바쁘다는 핑계를 대고 속히 면도를 끝내라고 했다. 그녀는 미안해한다. 어색한 분위기에서 이발을 마치고 얼마의 팁을 주고 나왔다. 말로만 듣던 소위 퇴폐 이발관이었다.

그로부터 스무날이 지난 어느 일요일, 이발할 때가 되었다. 창밖에는 함박눈이 소담스럽게 내리고 있었다. 얼마 전의 야릇한 이발관이 떠올랐다. 어디로 갈까 망설이던 중, 엉뚱한 아이디어가 떠올라 절로 미소가 번진다.

"여보, 눈은 오고 이발은 해야겠고 단골 이발관도 없는데 당신이 적당히 머리를 좀 잘라 주면 안 될까." 진담 반 농담 반으로 말을 꺼냈다. 아내는 농담으로 받아넘기며 "당신 쥐 파먹은 머리로 웃음거리가 되어 사무실도 나가지 못하려고요." 한다.

아내가 이발을 해 주면 또 하나의 따뜻한 풍경이 생겨날 것 같다. 오순도순 이야기하며 이렇게 하라, 저렇게 하라며 내 구미대로 머리 스타일을 만들 수 있을 것도 같다.

나는 집요하게 설득했다. "당신은 미적 감각이 남다르고 내 머리 모양을 누구보다 잘 알고 있지 않은가. 나는 머리에 크게 신경 쓰는 편도 아니고 긴 머리형이니 조금 잘못 깎아도 이상하지 않을 거야." 하며 진지하게 졸랐다.

어쩌면 나는 모험을 하고 있는지도 모른다. 직업 이발사도 때로는 상대방을 실망시키는데, 머리에 가위질 한 번 안 해 본 아내에게 선뜻 머리를 맡기려는 것은 무슨 배짱인가. 별스럽게 용기도 없는 사람이.

어쩐지 그녀는 해낼 수 있을 것 같은 예감이 든다. 그녀는 난감해하다가 나의 성화에 못 이겨 마지못해 말문을 연다. "머리 꼴이 우스워지더라도 나를 원망하지 마세요." 한다. "걱정하지 마. 머리는 계속 자라니까. 이상하면 곧장 이발관에 가서 예쁜 아가씨도 보고 다시 다듬으면 되지." 나는 짐짓 여유를 부리며 농을 섞어 대꾸했다.

별도의 가위도 없다. 가정용 가위로 첫 이발이 시작되었다. 머리칼이 잘리는 소리가 들린다. 그때마다 그녀의 손은 떨고 있었다. 긴장한 탓인지 대화도 멈췄다. 그녀의 손이 내 머리칼을 가볍게 움켜쥘 때마다 그녀는 긴장했고, 나는 아늑한 느낌이 들었다.

시간이 꽤 지났다. 일하는 사람보다 일없이 앉아 있는 사람이 더 힘이 드는 걸까. 몇 번이나 대강 끝내라고 해도 가위를 놓지 않는다. 정답이 없는 시험문제를 붙들고 고심하는 것 같다.

시작한 지 한 시간이 훨씬 지나서야 "이렇게 오래 긴장해 보기는 처음 같네요." 하며 자신 없는 표정을 지었다. 프로 이발사처럼 날

렵하고 정돈되지는 못했어도, 내 머리형을 이해하고 최선을 다한 때문인지 자연스런 느낌을 주었다. 처음 시도한 이발치고는 성공이었다.

"나를 멋쟁이로 만들었군. 진작 당신에게 부탁할 걸. 혹시 전직이 이발사 아니었나." 나는 진심으로 만족했다.

그로부터 20년이 흘렀다. 그동안 단 한 번도 이발관에 가지 않았다. 그녀는 나의 전속 이발사가 되어 주었다. 예전보다 머리칼이 많이 빠졌다고 속상해하면서, 오늘도 그녀는 내 머리를 무대로 나 한 사람만의 관객을 앉혀 놓고 이발을 주제로 한 모노드라마를 연출한다.

헤어스타일도 시류의 정서를 대변하면서 옷처럼 유행을 탄다. 70년대 한때는 히피스타일의 장발이 젊은 남성들 사이에 유행했는데, 국가에서는 미풍양속을 해친다는 이유로 경찰서에서 강제로 머리를 자르고 훈방하기도 했다. 개화기의 단발령과는 다른 이유로 많은 원성을 자아냈던, 상상하기 어려운 지난 시절의 풍경 사진이다.

세월은 변화의 물결인가. 지금은 개성을 드러내는 시대다. 남녀노소를 불문하고 머리 모양이 각양각색이다. 남성은 여성처럼 머리를 기르기도 하고, 뒤로 묶기도 해서 뒤에서 보면 남녀 구별이 어렵기조차 하다. 스포츠형, 리젠트형, 예술가형, 승려형, 도사형, 공무원형……. 참 별스럽다.

요즈음은 귀가 다 드러날 만큼 짧은 머리가 유행이다. 아내는 짧은 머리 깎기가 더 어렵다고 고민스러워한다. 머리 주변이 확연히 드러나기 때문에 조금만 실수하면 더 깎을 수도 없고 깎은 머리를 더 이어 붙일 수도 없기 때문이다.

아마추어와 프로의 차이는 무엇일까. 아마추어는 돈을 내고 노래를 부르고, 프로는 돈을 받고 노래를 부른다.

그녀는 나의 머리에 관한 한 프로다. 프로는 돈을 받고 일한다. 부부는 한 주머니라고 하지만, 프로의 권위는 세워 줘야 한다. 돈으로 계산할 수 없는 일이지만, 몇 년 전부터 이발관 요금의 두 배를 이발할 때마다 준다. 그녀는 프로가 되었기 때문이다. 그녀는 멋쩍어하면서도 싫지 않은 표정이다.

언제까지 계속될까. 내 생이 다할 때까지 오순도순 옛이야기나 나누며 나의 전속 이발사가 되어 주길 바란다면 나의 욕심이고 독백일까.

고독

지독히도 혼자였던 나, 고독은 잔인한 아픔이었다. 형체도 냄새도 없는 것이 그렇게도 잔혹했다. 고독은 시어(詩語)도 낭만도 아닌 외로움이 농축된 고뇌일 뿐이다. 그런 고독(孤獨)을 일 년여 동안 마시면서 나의 심신은 고독(苦毒)했다.

나는 타임머신을 타고 45년 전의 나와 동거했던 고독의 무덤에 왔다. 깊이 잠들어 있는 그를 흔들어 깨웠다.

왜 잠든 고독을 꺼내어 아픔을 재생하려는가. 먼 지난날 응어리진 고독이 세월이라는 면역을 먹고 아련한 추억이 되어 이제는 삶의 동반자로서 내게 다가왔다.

그해는 잔인했다. 청운의 꿈을 안고 서울 모 대학에 응시했으나 실패했다. 재수하기로 마음을 정리했다.

그때의 나는 바보스러울 만큼 순진하고 온상의 나무가 직사광선을 맞닥뜨릴 준비도 안 되었다. 내성적이고 마음은 여리고 부끄러움이 유난했지만 자존심은 강했던 것 같다.

재수할 곳은 형님의 배려로 절간보다 더 조용한 부산으로 정했다. 군산에서 고등학교를 다닌 나에게 부산은 낯선 이국처럼 느껴졌다. 지역적인 정서가 부담스러웠지만, 설렘을 안고 그곳에 책 보따리를 풀었다. 숨어서 입시 준비의 날을 갈면서 일 년 후, 내 주위의 사람들을 깜짝 놀라게 해 주고 싶었다.

부산 청학동, 뒤로는 장엄한 고갈산을 병풍처럼 둘렀고, 앞에는 활짝 트인 파란 바다에 오륙도가 한눈에 들어왔다. 밤바다는 달빛이 부서져 내려 은은히 반짝였고 이따금 뱃고동 소리가 적막을 흔들었다. 공부할 장소로는 더 좋을 수 없는 환경이다.

하루의 여유도 가지지 않고 알차게 월별 계획표와 일별 공부 시간표를 만들어 와신상담, 3개월여 동안 어긋남 없이 독하게 공부를 계속했다.

고독이 시샘하는가. 어느 날부터 잡념이 싹트고 외로움이 밀려왔다. 사람이 그립고 집중력이 흩어진다. 불면 증상이 나타나고 꿈자리마저 무엇에 쫓겨 불안을 가중한다. '흔들려서는 안 된다.' 고 다짐하지만, 결심은 고독에 사로잡혀 있었다.

공부에 대한 중압감으로 손에는 언제나 책이 들려 있었지만, 산이나 바다를 바라보는 시간이 많아졌다. 마음은 허공에서 미로를 걷고 있었다.

오륙도 다섯 섬이 다시 보면 여섯 섬이
흐리면 한두 섬이 맑으신 날 오륙도라

흐르락 마르락 하매 몇 섬인 줄 몰라라.

이은상의 시를 은연중에 되풀이한다.

무거운 마음으로 책과 마주했다. 몇 번이나 시간표를 고치고 마음을 잡으려 했지만 하루도 견디지 못했다. 정신을 집중하려고 하면 할수록 잡념이 고독의 꼬리를 물고 책에 꽂혀야 할 화살은 과녁 밖으로 날아갔다.

어느 날, 마음을 달래 보려고 극장에 갔다가 설상가상으로 영화 속의 여주인공을 며칠이나 연모하는 상사(相思)까지 일었다. 어떤 때는 사람이 그리워 밤늦게 우남공원을 배회하기도 하고 영도 다리를 걷기도 했다. 그럴 때도 항상 나 홀로였다. 말의 억양이 달라 누구에게 말을 걸 용기도 없고, 공부해야 한다는 강박관념이 나를 외톨이로 만들고 고독을 키웠다.

그나마 자연만이 나의 친구였다. 구름이고 바람이고 싶었다. 들꽃을 만나면 꽃잎을 헤아리고, 노송을 만나면 외롭지 않느냐고 물었다.

형님이라도 계셨으면 좋을 텐데 형님은 외항선 기관장으로 일 년을 거의 해외에 계셨다. 부모님이 계신 집으로 돌아가고 싶었다. 돌아갔어야 옳았다. 하지만 돌아갈 용기마저 없었다. 골수에 깊이 잠복한 외로움과 고독(苦毒)은 도를 넘었다.

이제 대입 시험은 문제가 아니었다. 정신은 이미 정상을 벗어났다. 긴장과 피로에 우울증과 불면, 결백증까지 겹쳐 날밤으로 지새우는 일이 다반사였다.

심신에 번민의 마장(魔障)까지 겹쳤다. 비난받거나, 수치스런 것도 아닌 지난날의 일들이 후림불이 되어 아픈 내 가슴에 하나 더 고민의 방을 만들고 있었다. 이런 상황에서 번뇌와 아픈 고독을 토해 내는 편린의 탈출구는 일기를 쓰는 것이다. 일기를 쓴다기보다 아픔을 쏟아 내려는 엉뚱한 공부가 시작되었다.

어느 날 일기장의 한 장면이다.

달 밝은 밤, 영도 다리를 걷는다. 연인들이 짝지어 사랑을 속삭인다. 나는 오늘도 혼자다. 나도 연인이 있으면 좋겠다. 누군가를 사랑하고 싶다. 나는 한참 동안 달에서 눈을 떼지 않았다. 달빛이 마음을 파고들지만 내 마음은 닫혔다. 갯바람이 콧속을 간질였지만 나는 후각을 잃었다. 달은 이따금 구름 속에 숨고, 오륙도는 파도 속에 숨는다. 나는 숨을 곳도, 피할 곳도 없다. 오늘도 고독은 나를 움켜쥐고 가슴을 엔다. 고독과 화해할 수는 없을까.

창살 없는 영어(囹圄)에서 책장을 넘겨 보지만 과녁을 벗어난 화살은 허공에 꽂히고, 불꽃 같던 초지(初志)는 사위었고 나는 타 버린 재를 만지고 있었다.

맑은 날보다 흐린 날이, 흐린 날보다 비 오는 날이 좋았다. 낮보다 밤이 좋고, 햇빛보다 달빛이 좋았다. 어둠 속으로 들어가 나를 보지 못할 때, 내 마음은 차라리 평온했다. 나는 어둠이 되어 죽음의 맨살을 만졌다.

토막잠이지만 잠자는 시간은 행복했다.

죽음, 영원히 잠자는 것은 무엇일까. 사람은 누구나 죽는다. 먼저

죽고 늦게 죽는 것이 어느 시점에서 보면 무슨 의미가 있을까.

"일체의 생은 고(苦)이며 인생은 비극."이라는 쇼펜하우어의 염세관에서 헤어나지 못했다. 거울 앞에 섰다. 참으로 죽고 싶었다. 하지만 영원히 잠들기에는 너무 젊다. 부모님을 부르며 이 못난 자식을 용서해 달라고 많은 눈물을 흘렸다. 그때는 믿음도 없으면서 신에게 매달리기도 했다.

이제 시험 날짜도 몇 개월 남지 않았다. 재기의 불씨를 살리기에는 병이 너무 깊었다. 그래도 나는 책을 끼고 있었지만 나의 실력은 일 년 전보다 밑에서 허우적거렸다. 시험 날짜를 십여 일 앞두고 나

는 드러누웠다. 허무와 상처가 전신을 휘어 감았다. 나는 그렇게 일 년간의 재수 시절을 고독과 함께 살았다. 그리고 그렇게 마음이 여린 못난이였다.

고독의 무덤을 만나고 세월의 긴 터널을 지나 나는 지금으로 돌아왔다. 그렇게 힘들 때, 왜 그곳을 빠져나오지 못하고 혼자 뭇매를 감당했을까. 고독에 묶여 뼈 속까지 시린 심경을 왜 아무에게도 토설치 못했을까.

작은 일에도 쉽게 감동하는 성정(性情), 어릴 때부터 착한 아이로 각인된 속박감, 남에게 작은 약점도 보이지 않으려는 순진한 자존심, 가족의 기대, 대화할 친구가 없는 나 홀로 고독한 환경, 시험에 집착된 강박관념……

이런 요인들이 나를 염세관이나 고독병으로 내몰았지 않았나 생각한다. 헨리 나우웬은 "고독은 외로움의 고통을 넘어 자기를 발견하고 삶의 에너지를 재생산하는 시간."이라 했다.

지난날 고독 속에 쌓은 일기장은 나를 글밭으로 유인한 동인(動因)이다. 내가 가장 낮아짐으로써 겸손해지는 나를 보았고 고독 속에서 자연의 순수를 보았다. 오늘날 내가 음풍농월(吟風弄月)에 젖어 자연과 친숙할 수 있고, 글을 쓸 수 있는 것은 그때 고독의 시련이 낳은 열매가 아닐까.

아픈 추억도 농익으면 그리워지나 보다. 많이 잃었지만 많이 얻었다. 높이는 잃었지만 깊이는 얻었다. 일기장 속에 키운 소중한 감성(感性), 글을 쓸 수 있는 잠재력이다. 한 시절의 잔인한 고독(苦毒)을 오늘의 감사로 받아들이고 본래의 고독(孤獨)으로 환원한다.

이제 고독(孤獨)은 외로움도, 아픔도 아닌, 시어(詩語)이고 명상(瞑想)이다.

역전 드라마

　인생 여정에 역전(逆轉)이 없다면 얼마나 무미건조할까. 변화도 의욕도 없이 생래적(生來的) 운명의 구속에서 팔자타령만 운운할 것이다. 역전은 안개 속에서 상영되는 논픽션 드라마다. 우리 모두가 주인공이다.

　앞뒤가 바뀌고, 궁궐이 쪽방이 되고, 허세가 실세가 되고, 개천에서 용이 나는 요지경 속에서 우리는 웃고 운다. 역전의 문은 누구에게나 개방되어 실의에 젖은 사람들의 유일한 희망이기도 하고, 승승장구하는 길목에 복병이기도 하다.

　인간이 위대한 것은 위기를 기회로 역전시킬 수 있는 잠재력이 있기 때문이 아닐까. 시련을 성숙의 계기로, 고질병을 고칠 병으로, 화장실을 회장실로, 자살을 살자로 바꾸는 긍정적 능력 말이다. 주역들은 역전, 재역전의 영광과 상처를 안고 오늘도 인생길을 달린다.

마라토너 이봉주는 시드니올림픽에서 24위의 좌절을 딛고 재기했다. 2007년, 37세로 국제동아마라톤대회에서 골인 지점을 얼마 안 남기고 앞서가던 케냐 선수를 제치고 1위로 역전 드라마를 연출했다. 그의 불굴의 의지는 보는 이들의 가슴을 울렁거리게 했다.

작은 거인 한국 축구는 2002년 월드컵 축구 8강전에서 월드컵을 세 번이나 제패한 이탈리아와 맞붙었다. 전후반 1:1에서 연장전에 돌입했다. 온 국민의 가슴을 조이고 숨이 멈출 것 같은 연장 12분, 상대 골문 왼쪽에서 이영표가 벼락 치듯 올려 준 센터링을 안정환이 상대 수비를 번개처럼 뚫고 독수리처럼 솟구쳐 헤딩슛을 날렸다. 순간 역전골은 철옹성의 아주리군단 골네트를 찢어질 듯 흔들었다. 안정환은 터질 것 같은 가슴을 움켜쥐고 그라운드에 벌떡 누웠고, 군중들은 '오~ 대한~ 민국'을 연호하며 우레 같은 함성을 질렀다. 어떤 작가가 이런 감동적인 드라마를 엮어 낼 수 있을까.

시련은 역전의 디딤돌이다. 일본인 변호사 오히라 미쓰요는 '왕따-자살 기도-폭주족-16세에 조폭 야쿠자와 결혼-파탄-술집 접대부'로 전락한 암흑가의 여인이었다. 그 후 아버지 친구로부터 충격적인 충고를 받고 새로운 인생을 설계했다.

'검정고시 합격-방송통신대 졸업-사법시험 합격-변호사-저서 『그러니까 당신도 살아남아』를 출간하여 열흘 만에 20만 부 돌파', 간난신고(艱難辛苦) 끝에 펼친 아름다운 역전 드라마다.

뉴욕 부르클린 지방경찰청의 최연소 부장검사인 교포 정범진 검사는 25세에 교통사고를 당한 전신마비 중증장애인이다. 그는 "죽어서 어두운 관 속에 있는 것보다 살아서 햇빛을 보는 것이 낫다."는 일념으로 뼈를 깎는 자신과의 싸움에서 역전승한 본보기다.

실낙원을 쓴 밀턴은 맹인, 셰익스피어는 지체장애인이었고, 시·이·언(視耳言)의 3중 장애를 극복한 헬렌켈러는 세인의 존경을 받는 인문학자다.

한편 돈, 권력, 명예를 잘못 휘두르다가 명성(名聲)이 오명(汚名)으로 추하게 역전패하는 주역들도 많다. 복권이 당첨되어 벼락부자로 역전승한 사람이 허랑방탕으로 재역전패의 무덤을 파기도 한다.

흔들리지 않고 피는 꽃을 보았는가. 시련은 우리를 나락으로 내몰기도 하지만 조개 속의 진주가 되기도 한다. 시련은 누구에게나 불청객이다. 이 암초를 두려워하기보다 다독거려 이곳에 등대를 세우면 생의 길라잡이가 될 수 있다.

나는 오래전, 2년 넘게 밤잠을 설치며 준비한 승진 시험을 서너 달 앞두고 감당할 수 없는 시련을 만났다. 수면 부족과 과민한 긴장 탓일까. 정상일 때라면 '별것도 아닌 일' 이 후림불이 되어 사렴증, 우울증, 결백증으로 전이되어 심신은 정상을 벗어났다.

내 영혼은 창살 없는 감옥에서 죽음을 희망으로 여겼다. 지지리도 못난 나를 믿고 따라 주는 아내, 불쌍한 어린 딸들을 보면 가슴이 찢어지는 것 같았다. 눈물마저 말랐다. 심신이 사위어 가는 와중에도 가장으로서의 책임감은 남아 있었는지 책은 항상 옆에 끼고 있었다.

책에 꽂혀야 할 화살은 과녁을 잃고 사·우·결증은 판단력마저 흐리게 했다.

수면이 건강이라는데 나는 하루 고작 한 시간의 수면도 취할 수 없었다. 그러던 어느 날, 낯선 기도원에 놓여졌다. 하지만 무서운 날밤은 끝이지 않았다.

기도 굴에 들어갔다. 신(神)을 붙들고 필사즉생(必死則生) 매달리면서 살려 달라고 애원하고 사정했다. 이렇게 눈물을 많이 흘려 본 적은 없었다. 지옥 같은 고통은 3개월여 지속되었다.

캄캄한 동굴에서 만난 신의 나침반인가. 어둡고 헝클어진 영혼에 희미한 불빛이 새어나와 마음을 만져 주고 있었다. 더 이상 내려갈 수 없었고, 더 이상 고뇌에서 빠져나오기 힘든 현실에서 멀기만 했던 하나님을 만났다.

신은 죽을 만큼 괴로움을 주진 않는다. 시련과 역경을 통해 큰 꽃을 피우게 했다.

시련은 간절함을 낳고 간절함은 보이지 않는 손으로 기적을 얹어 주었다. 이는 내 인생의 전화위복이고 가장 값진 대역전 드라마다. 샘터에서 물이 솟듯 눈물이 솟는다. 감사의 눈물이다.

신은 이 고통을 통해서 나에게 돈으로 살 수 없는 믿음을 역사해 주셨다. 거의 불가능했던 시험에 합격한 것도 시련이 만든 역전극이었다. 건강도 점차 회복되었다.

사람이 사는 곳이면 언제 어디서나 역전 드라마가 펼쳐진다. 인생길에는 변곡점(變曲點)이 있기 마련이다. 가장 번성할 때가 위태로울 때이고, 가장 어려울 때가 반환점의 계기다. 인생은 영원한 미완(未完)이기 때문이다.

호사다마(好事多魔)라 하지 않았던가. 옛말에도 "덕행은 곤궁 속에서 이루어지고, 몸을 망치는 것은 얻었을 때다."라고 했다.

승자는 절반의 성공을 얻는다. 나머지 절반은 관리의 몫이다. 패자는 절반의 패배다. 절반은 재기의 발판이 되어 준다.

방심과 오만은 금물이다. 역전은 시도 때도 없이 기회를 엿보고 있다. 내가 숨 쉬고 있는 한 역전은 한 손에는 축복을, 다른 한 손에는 흉기를 들고 때를 기다린다. 편견과 아집, 자만과 안일을 재우고 겸허하게 정려(精勵)하는 자세가 자리를 지키는 무기다.

현실을 직시하고 새로운 도전을 시도할 때 역전은 행동하는 드라마다. 먹구름과 햇살은 오늘도 내 안에서 틈새를 노리고 있다.

역전 드라마는 아직 끝나지 않았다.

사소한 것들의 미추(美醜)

사소한 것이 언제나 사소한 것은 아니다.

나보다 대여섯 걸음 앞서 할머니 한 분이 불편한 다리를 이끌고 길을 걷는다. 길 가운데 쓰레기가 널브러져 있다. 편치 않은 걸음으로 길을 걷던 할머니가 애써 쓰레기를 모아 한쪽 길가에 치우고 주위를 의식하지 않고 걸어간다. 사소한 쓰레기지만 대부분 사람들은 그냥 지나친다. 난 한참이나 할머니의 뒷모습을 바라보며 사소한 것의 아름다움을 훔쳐보았다.

어느 길목을 걷는다. 길을 걷던 젊은이 둘이 담배를 피우다가 주위를 아랑곳하지 않고 남은 담배꽁초를 길에 핑 던지고 아무렇지도 않다는 듯이 어디론가 사라진다. 사소함의 추한 모습을 보며 쓰레기를 치운 할머니가 연상된다. 한 송이의 꽃을 보다가 한 무더기의 쓰레기를 만난 기분이다.

우리는 일상생활에서 사소한 것들의 아름다움과 추한 면을 많이 접한다. 불편한 몸으로 손수레에 폐지를 싣고 어렵게 삶을 이끌어 가는 사람들, 몇 푼 안 되는 사소한 물건을 놓고 노천에서 성실하게 장사하는 사람들, 길가에서 구두를 닦는 사람들, 새벽부터 우유나 신문을 배달하는 사람들, 건설 현장에서 막일하며 땀을 흘리고 힘 들게 노동하는 사람들의 모습에서 따뜻한 인간미를 느낀다. 노력에 비하여 돈벌이는 사소하지만 삶의 의지와 열정은 뜨겁고 아름답다.

지하철이나 버스에서 힘들어 보이는 이에게 자리를 내주는 사람 과 눈을 감고 뻔뻔하게 앉아 있는 젊은이, 휴대폰 소음으로 옆 사람 에게 불편을 주는 사람과 입을 가리고 저음으로 짧게 통화하는 사 람, 대중 앞에서 매너를 지키는 사람과 예의를 벗어나는 사람들한 테서 사소한 것들의 미추(美醜)가 그려진다.

등산길에서 한 노인을 만났다. 오른손에는 지팡이, 왼손에는 검은 비닐봉지를 들고 천천히 등산길을 오르내리며 주변의 쓰레기를 줍 는다. "수고하십니다." 하고 말을 건네자 노인은 "나 자신을 위해 서 하는걸요. 사소한 일이지만 쓰레기를 줍다 보면 허리운동도 되 고 또 내 손으로 산을 조금이라도 깨끗하게 한다는 자부심이 내 마 음을 맑게 하는 것이니까요." 한다.

그런가 하면 산이나 유원지에 음식찌꺼기나 쓰레기를 서슴없이 버리는 사람들도 자주 만난다. 사소한 것 같지만 이들이 끼친 미와 추는 천양지차다.

지난 어느 날, 모임 끝에 친구들과 저녁식사 중이었다.

젊은 사내가 발을 절면서 다가와 500원짜리 껌을 내밀며 동정해 달라고 애원한다. 지하철이나 공공장소에서 흔히 겪었던 것처럼 천

원짜리 한 장을 주었다. "감사합니다." 할 줄 알았는데 그는 생뚱맞게 "2,000원인데요." 한다. 어이가 없다. 구걸하는 처지에 악덕장사 속내를 보인다. 나는 정색을 하고 당신 같은 사람에게는 천 원도 아깝다며 건네준 천 원짜리를 달라고 했다. 그는 내 말이 떨어지기 전에 도망치듯 횡 달아난다. 그런데 심하게 절던 다리는 거짓이었다. 정상인의 걸음으로 어딘가로 사라진다. 좀도둑이 소도둑 될까 염려된다. 큰 도둑은 사소한 도둑에서 시작되기 마련인데…….

살인사건 같은 큰 사건만이 큰 죄악이고 무서운 것이 아니다. 사소한 것에서도 큰 사건이나 추한 악의가 얼마든지 서려 있다. 살신성인(殺身成仁) 같은 큰일만이 위대하고 아름다운 것이 아니다. 사소한 것에서도 위대하고 크게 아름다운 사례가 얼마든지 있다.

아름다운 세상이나 추한 세상을 만들어 가는 것은 사소한 것들의 저력이다. 사소한 것이라고 항상 하찮은 것은 아니다.

비우기 연습

비움은 허구일까. 미사여구일까.

어느 날 건네줄 명함이 없어 위축된 표정을 그려 본다.

관심을 보일 분이 무관심할 때, 속상해하는 내 모습을 상상한다.

마음을 비우면 편안한데, 쓰레기 버리듯 비우기가 쉽지 않다.

내시경에 비친 내 참모습은 어떻게 생겼을까. 시력이 약해서인지 희미하다. 비움을 노래한 지도 꽤 오래되는데도 말이다.

얼마만큼 절차탁마(切磋琢磨)하여 마음을 치유해야 비움의 경지에 오를까.

나는 수없이 비움을 찬미해 왔지만 탐과 의욕 사이에서 변명으로 일관했다. 실체보다 부풀려 포장했고, 내가 한 말 중에 내가 아닌 것이 많았다.

운이 좋아 정년까지 채우고, 6년이나 다른 기관에서 더 일할 수 있었는데도 마음 한 모퉁이에서는 의욕과 탐이 충돌한다. 분별없이 현상(現狀)에 갈증을 느끼는 속내가 혼란스럽다.

"가야 할 시간을 넘겨 오래 머물기보다 요청받는 동안에 떠나겠다."고 한 메이저 전 영국 총리의 말이 가슴에 닿는다.

> 낙엽처럼 스스로를 아낌없이 버릴 줄 알아야
> 비로소 한 가을을 덮을 수 있다고
> 나는 수없이 시의 언어로 말해 왔지만
> 볼펜이 쓰는 진실을 받아들이기엔 세상이 너무 거칠어 버렸다.

이기철 시인의 고백이다.

아무도 보는 이 없는 데서 나는 누구인가. 비움의 안경을 끼고 나를 본다. 낙엽처럼 흩날리기에는 탐의 뿌리가 깊나 보다. 신용장보다 추천장을 더 좋아했고, 깊이보다 높이를 동경했고, 안보다 밖을 더 미화한 속내가 드러난다. 내가 가난한 것도, 내가 힘든 것도, 내가 고독한 것도 비움이 없어서다.

플라톤은 행복의 조건으로 다섯 가지를 들었다.

첫째, 먹고 입고 살고 싶은 수준에서 조금 부족한 듯한 재산.

둘째, 모든 사람이 칭찬하기에 약간 부족한 용모.

셋째, 자신이 자만하고 있는 것에서 절반 정도밖에 알아주지 않는 명예.

넷째, 겨루어서 한 사람에게 이기고 두 사람에게 질 정도의 체력.

다섯째, 연설을 듣고서 청중의 절반은 손뼉을 치지 않는 말솜씨.

어떻게 살아야 후반전이 보람 있는 삶일까.

비릿한 생활 전선을 떠나 낯선 영토에 들어섰다. 이제부터라도 안경의 도수를 높여 탐을 솎아 내야겠다.

B. 러셀은 '행복의 철학'에서 "자신감이 없는 데서 허영이 생긴다."고 했고, 마하트라 간디는 "이 세상은 우리의 필요를 위해서는 풍요하지만, 탐을 위해서는 궁핍한 곳이다."고 했다.

벼꽃처럼 숨어서 영글어 갈 수는 없을까.

내가 가진 것만으로도 감사하며 살 수는 없을까. 장미꽃 앞에서도 주눅 들지 않는 들꽃이 될 수 없을까. 돈 통장은 비었어도 인격 통장은 넉넉히 채울 수는 없을까.

최고의 비움은 그것이 현실과 경합할 때이고, 실효성 있는 내적 치유가 동반되지 못하면 탐미적 감상주의에 지나지 않는다. 비움은 단순함의 성장이고 홀로서기의 연습이다.

비워야 나를 얽어매고 있는 구속과 생각으로부터 벗어나 자유로워진다는 것을 알면서 비우지 못하는 나. 높이 나는 새는 몸을 가볍게 비운다. 내가 더 작아져야 모두를 버리고도 아름다울 수 있는 겨울나무를 볼 수 있고, 비움이 있을 때 파랑새는 내 안에 머물고, 차 한 잔 마시면서 사색과 낭만을 만날 수 있을 텐데…….

소유와 무소유, 의욕과 과욕, 안분(安分)과 과분의 경계는 어디까지일까. 지분(知分)을 행하는 것이 비움인가 싶다.

내 분수의 몫은 얼마나 될까. 획일적으로 그을 수도, 계량적으로 셀 수도 없지 않은가. 나는 오랫동안, 아니 지금도 형식에 사로 잡혀 탐욕과 의욕을 혼동한다. 무엇을, 어떻게, 얼마나 비워야 하는지

아무도 보는 이 없는 데서 나는 누구인가.

그릇은 비워야 담을 수 있다.
비움은 비만을 감량하는 다이어트이고 늘어난 여백에 새로운 색상을 채색할 공간이다.
비움은 새로움을 채우는 무욕대안이다.

안개 속이다.

바다는 메워도 사람의 욕심은 못 채운다더니. 마음을 비웠다 하는 사람들도, 비워야 한다고 열을 올리는 사람들도 속물을 움켜쥐고 집착하는 것을 보면 중독자가 마약을 멀리하는 것보다 더 어려운 것이 비움인가 보다.

욕심은 난치병인지도 모른다. 한 줌도 안 되는 알량한 체면, 자존심, 허상을 무너뜨리기가 그리도 어려울까. 인간의 욕망은 참으로 변덕스럽다. 꿈에라도 갖고 싶었던 것을 얻게 되면 말할 수 없이 행복할 줄 알았는데 그게 오래가지 못한다.

연륜은 참 스승인가 보다. 나이 금이 하현(下弦)에 들고서야 "일은 완벽하게 끝을 보려 하지 말고, 말은 끝까지 다 하려 하지 말고, 복은 끝까지 누리려 하지 말라."는 성인의 말씀이 들린다.

한 점의 자유로운 구름을 닮고 싶었던 어느 날, 석양을 만나러 변산 낙조대를 찾았다. 벌건 해가 서해 바다를 진홍으로 물들이고 마지막 정열을 불태우는 모습이 어찌나 아름다운지. 온종일 남을 위해 빛을 주고도 해 놓은 일이 적다고 얼굴을 붉히는 표정이 나의 치부를 꾹꾹 찌르는 것 같다.

사위어 가는 육신의 촛불 앞에서 명예도 돈도 체면도 모두가 나를 구속하는 자물쇠로 보인다. 비우는 연습을 게을리 말라는 무언의 암시가 아닐까.

그릇은 비워야 담을 수 있다. 비움은 비만을 감량하는 다이어트이고 늘어난 여백에 새로운 색상을 채색할 공간이다. 현실을 도피하는 공허(空虛)가 아니고 새로움을 채우는 무욕대안(無慾大安)이다.

　비움은 단순해지고 편안해지는 내면의 연금술이다. 비우면 혜안이 밝아진다는데, 지금 내 비움의 안경 도수로는 어둡기만 하다. 아직도 탐이 고개를 들고 안개 속에 묻혀 야행할 준비를 하고 있다.

　비움 안경의 도수를 얼마나 더 높여야 할까. 비움은 끊임없이 연습해야 하는 벅찬 숙제다.

나의 수필관(隨筆觀)

1. 수필은 삶의 여백에 그림을 그리는 작업이다.

30년 넘게 외길을 걸으면서도 글밭을 기웃거렸다. 자연에서 만난 춘하추동의 오묘한 섭리, 삶 속에 새겨진 수많은 사연들을 흔적 없이 지워 버리기엔 아쉬움이 남는다. 구슬이 서 말이라도 꿰어야 보배라 하지 않았던가.

그간 메모나 일기로, 가슴으로 모아 온 추억들이 세월에 따라 희미해져 가는 것을 침묵으로만 일관할 수 없어 수필을 쓰게 되었다. 7할의 고통을 겪고 3할의 기쁨을 얻는 것이 글쓰기가 아닌가 싶다.

'사랑'과 '글쓰기'로 아파 본 사람은 다시는 이들 곁으로 가지 않으리라 다짐하지만, 스스로 끌려드는 게 사랑이고 글쓰기라는 것을 알게 된다. 그러다 보면 글을 쓰지 않고 고통스러워하는 것보다는 쓰면서 고통스러워하는 것이 더욱 현명한 일이란 것을 알게 된다.

2. 수필은 실체를 형상화한 자기 고백이다.

진실된 사랑만이 아름다울 수 있는 것처럼, 수필도 허구가 아닐 때 더욱 아름답다. 수필도 문학인 이상 어느 정도의 상상력은 인정되지만, 사실을 변형시키는 허구적인 내용은 피해야 한다. 그렇다면 상상의 범위는 어디까지 허용할 것인가. 세계적 문호인 독일의 한스 카로사는 "글이란 참된 데서 피어나고 만드는 데서 시든다."고 했다.

나는 실체가 변질되지 않는 최소한의 범위에서 보완이나 상상은 가능하다고 생각하지만 허구라는 표현은 적절치 않다고 본다.

한 점의 수석(壽石)을 한 편의 수필로 비유해 본다. 모든 돌이 다 수석이 될 수 없듯이 붓 가는 데로 쓰는 것이 다 수필일 수는 없다. 수석이 될 만한 돌을 찾아 산천을 헤매는 수석 애호가의 모습은 한 편의 작품을 위해 밤을 새며 고통스러워하는 수필가의 모습과 다를 바 없다.

수석은 가공되지 않은 자연석이다. 자르거나 깎으면 수석으로서의 가치가 상실된다. 이것은 마치 허구로 쓰여진 수필과 같다. 산천을 헤매 찾아낸 자연석을 세제로 깨끗이 씻어 내고 좌대에 앉히면 아주 품위 있고 우아한 수석이 된다. 이때 이물질을 씻어 내는 것은 수필에 허용되는 보안이나 상상이라 할 수 있다.

예를 들어 여인의 얼굴을 예쁘게 꾸미려고 화장하는 경우는, 수필에서 허용하는 '상상' 의 범위에 속하지만, 턱을 깎아서 얼굴을 변형시키는 것은 보완의 허용 범위를 벗어난 허구로 본다.

3. 수필은 내면을 다듬어 가는 작업이다.

수필은 작가의 개성과 철학이 배어 있는 인격체다. "글은 사람이다."는 말처럼, 좋은 글에는 글쓴이의 인격이 뒷받침되어야 한다. 안병욱은 "고매한 인격에서 깊은 글이 나오고, 천박한 인격에서 얕은 글이 나온다."고 했다. 수필은 자기의 체취를 담은 예술이다. 그렇기 때문에 좋은 글을 쓰려고 고통스러워하는 것은 인격을 순화(醇化)시켜 가는 과정이고 인생 공부다.

수필은 실체 안에서 창조적으로 형상화된 내적 규율이고, 글 속의 메시지는 작가와 독자의 약속이다. 작가가 발표한 글이 작가 본인의 실제 모습과 다르면 지탄을 받아야 한다. 수필은 인격이기 때문이다.

4. 수필에는 마음을 움직이는 메시지가 담겨야 한다.

감동이 없는 글은 기록물에 불과하다. 수필은 마음의 표현이고 작가의 체험과 생각이 독자의 가슴을 움직여 공감을 얻어 내는 문학 예술이다. 따라서 글 속에 담긴 진실, 웃음, 슬픔, 모든 것이 독자의 것이어야 한다.

수필은 작가의 생생한 숨결과 독특한 체취로 막연히 지나치는 것들을 구체적으로 재인식시켜 감동을 이끌어 내는 실체 문학이기도 하다. 현학적(衒學的)이고 지나친 미사여구는 주제의 메시지를 흐리게 하는 자기만의 감상이다.

아무리 좋은 어휘와 훌륭한 문체의 글이라도 의도한 바가 불분명하면 부실한 글이 된다. 중언부언으로 군더더기 살을 찌우면 문장이 깔끔하지 못하고 독자는 흥미를 잃는다.

수필은 어느 장르보다 개성이 뚜렷하고 자기만의 브랜드로 현장감, 생동감을 지닌 간결한 메시지가 담긴 글이 좋다.

5. 나의 수필 쓰기

1) 제목의 설정

제목은 전체 내용을 함축해 놓은 것이라 할 수 있다.

우리는 어떤 목적의식을 갖거나 동기가 부여될 때 글을 쓴다. 작가의 의도가 표출되고, 한눈으로 독자의 마음을 사로잡는 제목을 설정하기란 쉽지 않다. 제목은 그 작품의 첫 인상이다. 제목에서 풍기는 뉘앙스가 인상적일 때 독자는 주목한다.

나는 제목을 먼저 설정하고 초고를 쓰지만, 퇴고하면서 몇 번이고 제목을 바꾸기도 한다. 글의 내용을 담을 수 있는 마땅한 단어가 새롭게 떠오르기 때문이다.

'수필은 인격이고 나를 찾는 작업이다.' 는 의미로 볼 때 글을 다듬는 자체가 인격의 성숙 과정이고 그것이 바로 수필의 역할이다.

2) 초고(礎稿)

시작이 반인데, 초고는 부담스런 문제풀이처럼 두렵고 설레인다.

나는 아날로그 세대이어서인지 초고를 작성할 때, PC를 이용하지 않고 손글씨로 작업한다. 그것이 습관화되어 컴퓨터 앞에 앉으면 깊은 생각이 잘 떠오르지 않는다.

초고는 조미료나 양념을 넣지 않은 음식처럼, 맛은 없지만 글이

맑고 순수하다. 초고는 퇴고와 달리, 수정을 거의 하지 않는다. 사
건의 실체가 손상되지 않도록 자료나 사전을 참고하지도 않는다.

　수필의 제목이 정해지면 명상하듯, 실체의 줄거리를 마음으로 그
리며 본 대로, 느낀 대로, 생각나는 대로 일기 식으로 써 나간다. 문
학성을 따지지 않고 직감으로 여과 없이 진솔하게 쓴다. 서두부터
좋은 글을 쓰려고 자료나 사전에 의존하면 흐름이 끊기고 진실이
변질될 우려가 있기 때문이다.

　3) 퇴고(推敲)

　퇴고는 초고를 수필로 형상화하는 작업이다.

　나의 수필은 퇴고에서 시작된다 해도 과언이 아니다. 수필은 다
큐멘터리가 아닌, 사건의 실체를 이성과 감성으로 형상화하는 것
이다.

　퇴고에서 빼놓을 수 없는 것은 각종 자료와 메모, 사전이다. 자료
는 글맛을 내는 양념이고, 습관화된 메모는 글 쓰는데 도우미 역할
을 한다.

　퇴고는 수십 번 덧셈, 뺄셈, 나눗셈으로 지우고 고치기를 하여도
끝이 보이지 않는다. 계속 뜯어고치고 열을 내어 글을 끓여 보아도
설익는 것이 수필이다.

　파를 다듬듯이

　시를 만지다가 잠이 들었다

　흙을 털고 뿌리를 도려내고

껍질을 벗기며

희디흰 알몸이 나올 때까지

눈을 감아도 피할 수 없었다

마약처럼 매운 냄새 코를 찌르고

잠든 머리맡에

꿈결같이 놓인 시 한 단.

황경식의 시다. 이 시는 퇴고하는 이의 심경을 잘 나타내고 있다.

수필의 맛을 돋우는 것은 시작과 끝이고, 퇴고할 때 가장 신경 쓰이는 부분이기도 하다. 러시아의 안톤 체홉은 "대부분의 작가가 문장에서 실패하는 것은 서두와 결말에서 기인된다."고 했다.

서두는 글의 얼굴이고, 독자의 마음을 여는 열쇠다. 나는 서두에서 산고를 겪는다. 한두 줄의 글로 전체 글의 모양을 그려 내야 하기 때문이다. 서두는 독자에게 궁금증을 던져 관심을 유발할 수 있으면 성공이다.

나는 퇴고할 때 서두 쓰기에 많은 시간을 할애하고 원고지를 지저분하게 어지럽힌다. 서두만 쓰면 작업의 반은 끝난 셈이다. 서두가 잘 풀리면 다음 글은 유연하게 펼쳐지고 서두가 부실하면 이어지는 글이 매끄럽지 못하다.

퇴고할 때, 또 하나 심혈을 기울여야 할 마지막 관문은 결말이다. 결말은 작가의 의도를 압축한 것으로 독자에게 은은하면서 쉽게 지워지지 않을 여운을 남길 때 인상적인 글이 된다. 퇴고는 여기서 끝나지 않는다.

4) PC 작업과 탈고(脫稿)

수십 번 퇴고한 손글씨 원고를 PC에 옮긴다. 옮기면서 글을 보완하며 또 한 번의 퇴고가 시작된다. 어렵게 익힌 글을 PC에 저장하고 프린트한다.

편향될 수 있는 감정을 객관화하기 위해 프린트한 원고를 일주일 정도 서랍에 두었다가 다시 읽고 마지막 수정을 한다.

탈고가 있어 작가는 행복하다.

시련의 보상

 '잎은 무성한데 열매는 부실하다.' 이것이 매년 연례행사처럼 반복되는 연말 결산서다.

 새해는 악순환의 고리를 끊어야겠다는 생각으로 연중 계획을 느슨하게 세웠다. 부끄러운 성적표와 새해에 뿌릴 씨앗을 안고 경인년의 끝자락에 섰다.

 타종과 함께 송구영신(送舊迎新) 예배를 드리고 새해에 심을 모종을 만지작거리며 귀가하던 중 불청객이 멱살을 잡는다.

 2011년 1월 1일 1시 30분 꼭두새벽, 빙판길에 넘어져 오른쪽 어깨뼈가 으스러지는 고통을 만났다. 새해 시발점부터 이런 불운을 겪다니…….

 그런데 이상하다. '신년 벽두부터 재수 없게' 라는 불길한 생각보다는 알 수도, 볼 수도 없는 신비의 힘이 '괜찮아!' 하며 통증을 달래고 있었다.

마음 한구석에 '시련은 보상을 안겨 준다.'는 메시지가 가슴에 꽂힌다. 액땜했다는 안도와 함께 기왕에 맞을 매라면 일찍 맞는 것이 좋다. 머리가 깨지지 않고 다리가 부러지지 않은 것만도 다행이고, 사랑하는 사람이 사고를 당하진 않은 것만도 얼마나 감사한가.

어깨는 풍선처럼 부어오르고, 통증과 씨름하며 밤을 지새웠다. 아침 일찍, 병원에 들러 X-ray와 CT 촬영의 결과 '우상완골근부위경부골절'이라는 9주의 진단을 받았다. 설상가상으로 치료 중, 형님께서 별세하셨다는 비보를 받았다. 어깨 보호대를 맨 채 군산에 내려가 애상(哀喪) 속에 장례를 지켜봐야 했다.

화불단행(禍不單行)이라더니 엎친 데 겹친 격이다. 심한 감기몸살까지 끼어들고 이곳저곳 몸의 요체들이 삐걱거린다. 한동안 건강을 과신하고 몸을 돌보지 않은 탓일까. '내가 왜 이렇게 비실거리지.' 거울 속에 나의 몰골을 보며 쓴웃음을 짓는다.

"금년 한 해의 액(厄)들아 모두 달려와서 실컷 나를 괴롭혀라. 몰매를 맞아도 너희들을 등에 지지 않고 가슴에 매달고 당당하게 맞서 값진 보상을 얻어 낼 것이다."라고 외치며 이들과 대적할 마음의 준비를 했다. 세월이 약이라 했던가. 극성스런 한파도, 상처도 세월 앞에 서서히 고개를 숙이기 시작한다.

어느새 화창한 4월이 왔다. 잃어버린 3개월을 바라본다. 허송세월일까. 더 단단하기 위한 담금질일까. 시련이 스쳐 간 흉터에 긍정, 성실, 여유라는 새 살이 돋고 있었다.

언 땅에는 긍정의 새싹이 돋아나고, '재수 없게' 자리에 '다행이야'가 좌정한다. 긍정은 희망의 불씨다. 나는 이 시련을 긍정적 사고로 업그레이드하는 계기로 삼아야겠다. 긍정적인 사람은 어려움 속에서도 기회를 찾지만 부정적인 사람은 기회가 주어져도 어려움만 본다고 하지 않았던가. 얼굴을 햇빛 쪽으로 돌리면 그늘이 보이지 않는다.

시련은 매사를 긍정적인 사고로 전환시켜 준 동력이었다. 이상에만 머물던 완벽주의가 퇴색되고, '성실'이 주목을 받는 데는 시련이 가르쳐 준 손길이기도 하다.

나는 단 한 번도 완벽하지 못했고, 완벽할 수 없으면서 완벽주의를 동경하며 살아왔지 않았나 생각된다. 그러기에 자신에게 죄책감도, 불만도 상존했다. 완벽은 나를 묶어 놓고 매사에 부담과 숙제만을 가중시키는 자학일 뿐이다.

완전과 완벽은 신의 영역이다. 이제 나를 풀어 주고 나 자신을 용서해야겠다. 실패도 감싸 주는 미완의 삶이 참모습이어야 한다. 그러기에 삶은 반성이고, 가능성이고 새로운 도약이다.

우리는 타인을 칭찬하고 박수 보내는 데는 익숙하지만 자신에게는 인색하다. 지난날 완벽주의에 붙들려 자책했던 연말 결산서의 성적을 '부실'에서 '괜찮아'로 수정해야겠다. 내 삶이 중간에만 머물러도 감사하고 격려하고 칭찬하면서 매사에 성실해야겠다. 완벽 자리에 성실은 시련이 준 또 하나의 선물이다.

여유의 통로를 넓혀야겠다. 나는 마음만큼 실상은 바쁘지도 않으면서 다 이루지도 못할 일들 때문에 무엇인가에 쫓기듯 살았다. 느림은 게으름이 아니고 빠름은 부지런한 것이 아니다. 곡선으로도 얼마든지 직선을 그릴 수 있지 않은가. 더디더라도 길은 모두 이어지고 통하게 되어 있다.

　이제는 바쁜 걸음이 아닌 여유의 걸음으로 길을 걸어야겠다. 어깨에 힘을 빼고 걷자. 직진만 한다면 시간은 단축시키겠지만, 삶에 깊은 맛을 느끼지 못한다. 멈추면 보인다.

　인생을 숙제하듯 부담스럽게 살기보다 인생을 축제처럼 생각하며 느긋하게 살아가는 것이 현명한 삶이다.

　여유는 시련이 준 또 하나의 선물이다. 인생은 마라톤 경주다. 처음부터 100미터 경주하듯 달린다고 좋은 성적을 얻을까. 긍정, 성실, 여유를 깨우친 것만도 충분한 시련의 보상이다.

　금년 연말 결산서는 보상을 앞세워 우량의 열매를 기대해 본다.

갈림길에서

갈림길에 섰다. 태어남은 운명이지만 운명의 길잡이는 선택이다.

선택은 자작(自作)이다. 우리는 선택의 존재 안에서 가치를 창조하고 삶의 질을 좌우한다. 의식주 같은 일상생활부터 배우자, 직업, 종교 같은 크고 작은 일에 이르기까지 선택은 숨결처럼 끊임없이 이어진다.

선택은 현실과 이상이 충돌하면서 인생의 갈림길에서 꽃길과 가시밭길을 만든다. 때로는 고난의 선택이 더 아름다운 갈림길이 될 수 있다. 선택의 기준은 가치관이고 소신이기 때문이다.

테레사 수녀나 슈바이처 박사는 인생 여정의 갈림길에서 안락한 삶보다 고행 속에서 박애를 택했고, 안중근 의사는 목숨보다 애국을 택했다. 등소평은 '쥐만 잡으면 됐지, 검은 고양이면 어떻고 흰 고양이면 어떠한가.' 라는 흑묘백묘(黑描白猫)론을 제시하여 이념보다 실사구시(實事求是)를 택했다.

잘못된 선택은 굳어지기 전에 발을 빼는 지혜와 용기가 요구된다. 화가 밀레는 초기 그림 소재는 누드 그림이었다. 한참 그림이 익어 갈 무렵, 그는 올바른 선택이 아님을 깨닫고 이미지가 전혀 다른 〈이삭줍기〉, 〈만종〉과 같은 순수하고 평화로운 갈림으로 화풍을 전환했다. 그가 누드 그림만을 고집했다면 오늘날 불란서의 자존심이라고 불리는 유명한 화가가 되었을까.

부를 택할 것인가 명예를 택할 것인가, 전진할 것인가 후퇴할 것인가, 자리에 연연할 것인가 용퇴할 것인가…….

이럴 때 누구나 갈등을 겪는다. 순간의 선택이 평생을 좌우한다. 작은 일에도 신중히 결정해야 하는 이유다. 순간적인 감정이나, 신중하지 못한 선택은 평생 후회의 불씨가 될 수 있다. 목전의 안락보다 장기적인 안목으로 실현 가능한, 진정성이 있는 일을 선택해야 한다.

나는 장기간 직장에 묶여 하고픈 일들을 억눌러야 했다. 정년을 몇 개월 앞두고 중대한 선택의 갈림길에 섰다. 서예가, 사진작가, 수필가, 여행전문가…….

생각 속에 잠재된 하고 싶은 일들이 제2 인생의 주인공이 되겠다고 자신을 미화하고 추파를 던진다.

마음 한켠에서는 다 버리고 건강이나 관리하고 바람 따라 구름 따라 산천을 떠돌며 먹거리 볼거리에 풍류나 즐기다가 지치면 만산홍엽(滿山紅葉)의 길섶에서 추억을 노래하자는 매미족의 유혹도 만만치 않다.

나에겐 모두가 소중하다. 하지만 해는 서녘으로 기울고 있지 않는

이리 갈까, 저리 갈까 갈림길에서 수필을 쪄었다.
수필은 또 하나의 나를 묶는 감옥일지도 모른다.

글을 쓴다는 것은 끝없는 고통과 번민의 길로 이어지는 미로이자
아파야 피는 미완의 한 송이 꽃인지도 모른다.

가. 이들 모두를 짊어지는 것은 모두를 잃어버리는 어리석음이다.

끝은 선택의 갈림길에서 또 하나의 시작을 꿈꾼다. 나의 동반자가 될 진정한 선택의 주자는 무엇일까. 내 육체, 영혼과 함께 후회 없이 평생 동행해 줄 일감은 무엇일까.

내가 하고 싶었던 일, 실현가능한 일, 비난받지 않는 일, 홀로 있어도 고독까지 품을 수 있는 일감은 없을까.

이리 갈까, 저리 갈까 갈림길에서 수필을 찍었다. 수필은 또 하나의 나를 묶는 감옥일지도 모른다. 글을 쓴다는 것은 끝없는 고통과 번민의 길로 이어지는 미로이자 아파야 피는 미완의 한 송이 꽃인지도 모른다.

그러나 수필은 나를 끝까지 지켜 주고 응원하면서 내면을 다듬는 내조자가 되어 줄 거라는 생각이 든다. 발품 없이도 먼 산, 먼 바다 그리고 꿈과 아픔까지도 품어 줄 것 같다.

볼펜 하나 수첩 하나만 지니면 봄에는 희망을, 여름에는 정열, 가을에는 풍요, 겨울에는 평안을 가슴에 담을 수 있어 마음은 여유롭고 부자가 될 것 같다.

걷는 길섶에 비바람이 몰아쳐도 수필로 고민하면서 견뎌야겠다.

종착역까지 '선택'을 후회하지 않았으면 좋겠다.

제3부_고목의 사계

만추가경(晚秋佳景)이라 했던가요.
고목에서 핀 꽃이 더 아름답습니다.
인생은 60부터 시작이라고 하더니 이제는 70부터라고 하네요.

고목(古木)의 사계(四季)

또 한 해가 우리 곁을 훌쩍 떠납니다.

서기(瑞氣)를 안고 감사와 축도로 새해를 영접합니다.

만추가경(晩秋佳景)이라 했던가요. 고목에서 핀 꽃이 더 아름답습니다.

인생은 60부터 시작이라고 하더니 이제는 70부터라고 하네요.

봄

나는 상큼한 미소를 안고 연두색 봄으로 태어났습니다.

어찌나 기쁜지 입을 다물어도 미소가 새어 나옵니다.

입춘대길(立春大吉)입니다. 봄은 희망이고 관계(關係)의 소통입니다.

종심(從心)에 접어든 봄이지만, 마음밭에 새로운 꿈과 의욕의 씨앗을 뿌립니다. 쌓아 온 경륜을 썩혀 버리기보다 좋은 거름으로 삼

봄,
내 나이가 어때서요.
종심에 접어든 봄이지만, 마음밭에 새로운 꿈과 의욕의 씨앗을 뿌립니다.

아 보려 합니다.

젊음은 삶의 기간이 아니고 마음의 상태가 아닐까요.

내 나이가 어때서요. 누구에게나 시작이 있는 한 지금이 황금기입니다. 내 분수에 맞는 일감이나 취미를 찾아 당당하게 싹을 틔울 것입니다.

나는 일기장에 '봄은 희망이고 소통이다.' 고 쓸 것입니다.

여름

우람한 육체미를 과시하며 나는 파란 여름으로 성장했습니다.

인생의 비극은 목표에 미치지 못하는 것이 아니고 도전할 목표를 갖지 못하는 데서 비롯됩니다. 이글거리는 열정으로 튼실한 열매를 맺게 하는 것이 여름의 소임입니다. 내 건강의 비결은 도전입니다.

여름,
우람한 육체미를 과시하며 나는 파란 여름으로 성장했습니다.

도전과 성취에는 작심삼일(作心三日)과 용두사미(龍頭蛇尾)라는 복병이 초지일관(初志一貫)을 공격합니다. 변명은 유시무종 (有始無終)의 함정을 파기도 합니다. 나는 이들에게 오랫동안 농락을 당했습니다.

반면교사(反面敎師)의 도움을 받아 우수한 열매를 맺을 것입니다.

일기장에 '여름은 도전과 성취의 계절' 이라 기록할 것입니다.

가을

신작로로 가던 발길을 돌려 오솔길 길섶으로 들어섭니다.

파란 옷을 색동으로 갈아입고 가을로 성숙합니다.

감사와 풍요가 넉넉하고 여유는 꽃을 핍니다. 땀도, 성장도 멈추고 사유(思惟)가 익어 갑니다. 앞만 보고 달렸던 삶의 열기를 식히고 옆

과 뒤, 곡선을 그리면서 생활의 리듬을 다듬어 갑니다. 검(劍)은 필(筆)로 변하고 지식은 지혜로 변하면서 나를 시인으로 만듭니다.

지식의 습득은 월반하여 이룰 수 있지만 인격의 성숙은 때를 기다릴 줄 알아야 합니다. 만만디의 미학처럼 가을은 느리지만 아름답게 걷습니다. 걷다가 황금들판을 만납니다. 누렇게 익어 갈수록 고개를 숙이는 벼이삭이 나의 스승입니다.

성숙은 첨가에 있다기보다 삭제에 있음도 깨우칩니다.

일기장에 '가을은 풍요와 겸손의 계절이다.' 고 쓸 것입니다.

겨울

삭풍에 업혀 나는 하얀 겨울로 둔갑합니다.

피붙이마저 다 떨쳐 버리고 전라(全裸)가 되었습니다.

겨울,
삭풍에 업혀 나는 하얀 겨울로 둔갑합니다.

서설이 내립니다. 하얀 솜이불이 나의 언 몸을 덮어 줍니다. 진광불휘(眞光不輝)라 했던가요. 진정으로 빛나는 것은 화려한 외모가 아니라 성숙한 내면에 있습니다. 겨울은 기다림입니다. 기다림은 미래의 준비이고 약속입니다. 봄의 시샘도, 여름의 쟁취도, 가을의 풍요도 따뜻이 품고 한 해를 정리합니다.

고목은 텅 빈 여백만 남기고 겨울잠에 들어갑니다.

묵언(默言)은 역동을 준비하는 내성(內省)의 고요이고, 또 하나의 따뜻한 봄을 틔우기 위한 동면입니다.

겨울 일기장에는 '세월의 풍상에 몸통은 찢기고 상처투성이지만 그래도 고목은 봄꽃을 틔울 것입니다.' 라고 쓰겠습니다.

고목의 사계가 일일시호일(日日是好日)로 행복했으면 좋겠습니다.

어떤 응원

"섬 일기를 쓰신 작가님이시지요……."

생면부지의 전화다. 작가라는 호칭은 몸에 맞지 않는 사치스런 옷을 걸친 것처럼 내겐 부자연스럽다.

세월의 물살에 쓸려 나는 정년이라는 출구에 섰다. 아직도 걸어야 할 길이 많은데 안개가 자욱하다.

익숙한 것과의 결별, 낯설음과의 만남이 시작되는 광야에 내가 뿌릴 또 하나의 씨앗은 무엇일까. '하고 싶다' 들이 앞다투어 명함을 내민다. 이들이 있어 삶의 의미를 찾고 의욕이 솟는다. 욕심은 만발하지만 십 리도 못 가 발병이 날까 두렵다. 몇 날을 재다가 수필을 보듬기로 했다.

이렇게 나는 60이 되어서야 수필 밭에 들어선 늦깎이다. 처음부터 유명한 작가가 되고 싶은 기대는 없었고 지금도 그렇다. 남과 경쟁할 마음도, 비교할 생각도 없다. 내 그릇의 크기를 알기 때문이다.

비교함으로써 가치를 얻기보다 존재하는 자체로서 가치를 얻고 싶다. 들꽃은 장미꽃을 시샘하지 않는다. 이슬을 마시고 체취를 풍기며 초연히 내 나름의 풀꽃을 피워 갈 것이다.

수필 밭에 들어선 지 10년이 넘어선다. 10년이면 강산도 변한다는데 내 글밭은 아직도 척박하고 어둡기만 하다.

두 번째 수필집 『섬에서 쓴 일기』를 출간했다. 오지의 60여 개 섬과 맞닥뜨리면서 죽을 고비도 몇 번 넘기고, 삼시 세끼 찾아먹는 것도 과분한 현장에서 발걸음으로 쓴 기행수필이다. 졸문(拙文)이지만 고목에서 피는 꽃을 보면서 최선을 다했다.

많은 지인들로부터 관심과 분에 넘치는 축하도 받았다. 미지의 분들로부터 걸려온 전화나 이메일은 단비였고 아드레날린이라도 주사한 것 같았다. 이 글을 통하여 재삼 감사를 드린다.

자기 고장 금당도 섬마을을 소개해 주어 고맙다며 찾아온 낯선 60대의 ○○○님과 마주 앉은 술자리는 두 사람이 쓰는 한 편의 수필이기도 하다.

작가들이 쏟아져 나오고 저서가 독자보다 많다는 현세(現世)에 내 글을 읽어 주는 것만도 감사하다.

많은 분들의 격려 속에 응원을 덧칠해 준 분들의 응원가를 듣는다. 『섬에서 쓴 일기』를 흥미롭게 읽었다는 ○ ○ ○ 님의 응원이다.

"선생님, 수필집 ○○권을 보내 주세요. 선물하고 싶습니다." 하는 전화를 받고 고마움을 표하고 보냈다.

그는 존경받는 젊은 공직자로 장래가 크게 기대되는 엘리트다. 나의 졸저를 선물의 대상으로 인정해 준 그의 따뜻한 마음은 나의 글이 우수한 작품이기 때문이라기보다 나에 대한 그의 배려이고 응원이다.

잘 나간다는 여성 공직자 6인 모임에 저녁 초대를 받았다.

지난 얘기들이 오고 가는 중에 박수와 함께 하얀 봉투를 전한다. 봉투 앞면에는 '축하합니다' 라고 쓰여 있고, 뒷면에는 '선생님을 사랑하는 사람들' 이라고 붓으로 정성들여 쓴 축의금 봉투다.

축의금 받는 것도 미안하고 감사한데, 붓으로 쓴 '글귀' 안에는 진한 인간관계의 맥이 흐르고 있었다. 선배의 기분을 돋아 주는 따뜻한 인정이지만 기운이 솟는다. 응원은 엔도르핀이고 힐링이다.

출판 비용을 축의(祝意)로 응원해 준 딸들, 기도로 응원해 준 아내, 마음으로 축하해 준 분들 모두가 응원의 합창이었다.

달콤한 응원 속에는 힘겨운 숙제가 자리한다.

초심으로 돌아가 땀으로 수필 밭을 갈고 가꾸라는 충고이기도 하다. 응원은 아름다운 채찍이고 배려다.

벌거벗은 시인

파도는 외로워 해변을 헤맸습니다.

어느 날 고독에 지친 모래사장을 만났습니다.

그들은 피부도 생김도 화성과 금성이었습니다.

그들은 나이도 직업도 고향도 묻지 않았습니다.

서로 잘났다고 거드름을 피우지도 않았습니다.

그냥 좋아서 빈손으로 만나고 헤어지기를 반복합니다.

엎치락뒤치락 맨살을 맞대고 그들만의 은어(隱語)로 속삭입니다.

배가 고프면 꿈을 마시고 배가 부르면 시를 토해 냅니다.

그들은 시어(詩語)이고 원고지입니다.

그들은 은빛 원고지에 하얀 시를 씁니다.

그들은 벌거벗은 시인입니다.

그냥 좋아서 빈손으로 만나고 헤어지기를 반복합니다.
엎치락뒤치락 맨살을 맞대고 그들만의 은어로 속삭입니다.

혀와 귀

입은 하나이고 귀는 둘이다.
입은 말하고 귀는 듣는다.
입은 닫을 수 있지만 귀는 열려 있다.
입은 소통의 달인이고 귀는 감정의 조련사다.

지식은 말하려 하지만 지혜는 들으려 한다.
운전이 서툰 사람은 운전 중에 브레이크를 자주 밟는다. 대화를
잘못하는 사람은 대화 중에 상대방의 이야기를 끝까지 듣지 않고
자신의 이야기로 브레이크를 자주 건다.
연륜은 스승인가 보다. 분별없이 놀렸던 혀가 조금씩 무뎌지고,
막힌 귀가 열리니 말이다.

입의 조종사인 혀의 위력을 본다. 말처럼 달콤한 것도, 말처럼 쓴

것도 없다. 세 치의 혀를 잘 놀려야 하는 이유다.

예로부터 3부리를 조심하라 했다. 그중 하나가 입부리다.

설망우검(舌芒于劍), 혀는 칼보다 날카롭다. 세 치밖에 안 되는 혀가 굴리는 기교는 가관이다. 발도 없으면서 천방지축 시공(時空)을 넘나들며 갖가지 설화(舌花)를 피우고 설도(舌刀)를 뽑는 천의 얼굴을 가진 마술사다. 반면, 흘린 말을 주어 담지 못하는 팔푼이이기도 하다.

혀는 기쁨을 주기도 하지만, 가슴에 못을 박기도 한다. 말 한마디로 천 냥 빚을 갚기도 하고, 사람을 죽이고 살리기도 한다. 혀를 많이 굴리면 헛된 말이 섞여 나오기 마련이다. 혀의 놀림이 신중해야 하는 이유다.

"입으로 나오려던 말을 삼키고 배탈 난 사람은 없다." 처칠의 말이다.

"입에 재갈을 물리면 목숨을 지키지만, 입을 함부로 놀리면 목숨을 잃는다." 잠언이다.

모 인사는 사랑방에나 웃길 말을 특정인이 모인 공공장소에서 쏟아 내 곤욕을 치른다. 진정한 대화의 기술은 때와 장소에 따른 분별력일 것이다.

구화지문(口禍之門), 입은 재앙이 들어오는 문으로 입이 화의 근원이다. 무심코 던진 험담이 상대의 이미지와 명예를 훼손시키고 공동체를 분열시킨다. 당사자가 없는 자리에서 씹고 흥보는 험담은 유난히 저속하고 추하다.

말 중에는 진(眞)과 가(假)가 안개 속을 동행하며 혼란을 야기한다.

일부 정치인이나 사회지도층의 입은 가관이다. 국가와 국민, 애국을 볼모로 잡고 교언영색(巧言令色)의 달변으로 위선을 남발하거나 남을 헐뜯어 상처를 입히고, 역공으로 자가당착에 빠지면 누런 변명으로 가면을 쓰는 권세가들의 가증스런 꼴을 자주 만난다.

반면, 90세 나이에 종교 분야의 노벨상이라는 템플턴 상을 받은 청빈했던 고(故) 한경직 목사는 시상식에서 "저는 신사 참배한 죄인입니다."라고 말했다. 그의 맑고 진솔한 영혼 고백은 진한 감동을 주었다. 긍정적인 말은 긍정적인 결과를 가져온다.

실적 부진으로 사표를 내야 할 곤경에 처한 어느 보험회사 사원에게 상사는 "당신은 누구보다 정열이 있습니다. 할 수 있습니다."라고 말했다. 이 격려의 말 한마디가 그 사원을 보험 왕으로 만들었다. 세계 굴지의 보험회사를 설립한 클리맨트 스톤은 집안이 어려웠고 건강이 안 좋았지만 항상 긍정적인 말을 했다. "나는 건강하다. 나는 행복하다. 나는 부유하다." 그는 말대로 평생을 건강하게 행복하게 부유하게 살았다.

어느 여고생 두 친구의 대화다.

첫 번째,

A: 너는 꿈이 뭐니?

B: 난, 탤런트가 되고 싶어.

A: 그 얼굴에, 꿈 깨라.

B: 왜, 앞으로 성형수술하면 되지.

A: 박에 줄친다고 수박이 되냐?

두 번째,

A: 넌 꿈이 뭐니?

B: 나는 탤런트가 되고 싶어.

A: 탤런트가 되면 신나겠다.

B: 그런데 내 얼굴이 좀 받혀 주지 못하지?

A: 무슨 소리야. 넌, 개성이 강해서 훌륭한 연기파 탤런트가 될 수 있을 거야.

우리는 어느 편에 서야 할까.

귀의 속성을 본다. 귀는 침묵하고 이성과 감성으로 자신을 조절한다. 귀는 나서거나 서두르지 않고 자신을 꾸미려 들지 않는다.

조물주가 두 개의 입과 한 개의 귀를 준 것은 말은 한 번 하고 듣기는 두 번 하라는 의미가 아닐까. 귀는 항상 열려 있지만, 입은 언제라도 닫을 수 있다. 입 때문에 종종 망하는 경우는 있어도 귀 때문에 망하는 경우는 없다.

듣는 것은 배려이고 관계의 가교다. 심리학자 칼 로저스는 관심 있게 들어주기만 해도 문제의 50%가 해결된다고 했다.

미국의 전 국방장관인 딘 러스크는 타인을 설득하는 최상의 방법은 상대의 말을 경청해 귀로 설득하는 것이라고 했다.

성의 있는 경청은 사람의 마음을 여는 열쇠다. 누구나 타인으로부터 인정받고 싶고 자기의 사연을 관심 있게 들어주는 사람에게 호감을 갖는다. 듣는다는 것은 화자에 대한 응원이고, 청자에게는 소득이다.

연륜은 스승인가 보다.

분별없이 놀렸던 혀가 조금씩 무뎌지고,
막힌 귀가 열리니 말이다.

내가 말할 때, 상대방이 눈을 팔고 관심을 갖지 않는다면 말하는 사람의 심정은 어떨까. 당신은 상대방이 나와 거리를 두고 싶어 한다고 생각할 것이다.

편견과 오만에서 벗어나야 진솔한 듣는 자세를 취할 수 있다. 평소 싫어하는 사람, 자기보다 못하다고 생각되는 사람이 말한다고 해서 선입견을 앞세워 진지하게 귀를 기울이지 않고 건성으로 듣거나 오만한 태도를 가진다면 스스로 많은 것을 잃게 될 것이다.

세 살 먹은 아이에게서도 배울 것이 있다 하지 않았는가. 진지하게 듣는 태도는 대인 관계를 원만하게 이끄는 훌륭한 매너다.

성공한 사람들의 언어 습관은 창조적, 긍정적이고, 사소한 말이라도 최선으로 듣는 배려가 배어 있다.

입과 귀, 말하고 듣는 것은 공동생활의 윤활유이고 관계의 연결고리다.

혀의 놀림은 신중하게, 듣는 자세는 진지할 때 품위는 돋보인다.

거짓말 삼총사

거짓말 경연대회가 열렸다.

첫 출전자는 "나는 큰 바위가 거미줄에 대롱대롱 걸려 있는 것을 보았다."

두 번째 출전자는 "나는 두부를 먹다가 이가 부러졌다."

세 번째 출전자는 "나는 평생 거짓말을 해 본 적이 없다."고 했다. 계속 출전자들의 거짓말은 이어지고 심사위원들이 바쁘게 움직인다.

심사위원장은 '나는 절대로 거짓말을 않는다고 하는 사람이 진정한 거짓말쟁이다.'라고 심사소감을 발표한다. 이의 없이 세 번째 출전자를 심사위원 전원이 대상으로 결정했다.

거짓말이 없는 세상은 어떤 모습일까. 교과서대로라면 더없이 이상적이고 법이 필요 없는 살기 좋은 세상일 것이다. 하지만 인간은 겉과 속이 다른 불완전한 인격체다. 자고로 거짓말은 우리 생활 구석구석까지 파고들어 참말과 공생하며 천의 얼굴로 가지각색의 크고 작은 사고를 친다.

거짓말은 양심을 속이는 죄악이지만 형체가 없어 물증 잡기가 쉽지 않다. '열 길 물속은 알아도 한 길 마음속은 모른다.' 고 하지 않았던가.

일부이긴 해도, 국민과 애국을 불모로 흑을 백이라 우기는 정치권이나, 양심을 팔다가 소화불량으로 고생하는 사도(師道), 파수꾼이 도둑고양이로 둔갑하는 위선, 이 모두가 거짓말이 낳은 문제이다. 그렇다고 거짓말 모두가 악의 축은 아니다.

거짓말이 전혀 없다면 세상은 얼마나 삭막할까. 인생에는 두 부류의 거짓말이 있다. 악을 동반한 검은 거짓말과 삶에 양념을 쳐주는 하얀 거짓말이다. 하얀 거짓말은 때로 각박한 생활 속에 웃음꽃을 피우고 얼어붙은 마음을 녹이고, 화목과 사랑, 감동의 카타르시스를 만들어 낸다.

오랜 세월, 세간에 전해 오는 속설 중, 새빨간 거짓말인 줄 알면서 탈 없이 지내온 거짓말 삼총사, '시집가기 싫다는 노처녀 말', '밑지고 판다는 장사의 말', '어서 죽고 싶다는 노인의 말' 이 그것이다.

이들 삼총사는 능청을 잘 떨고 거짓말 무예가 출중하여 하얀 거짓말을 참말처럼 행세하여 왔다. 만물유전(萬物流轉), '세상에 변하지 않는 것은 없다.' 고 했던가. 세상인심이 날로 변해 가는데 속담인들 붙박이일까. 해학이 담긴 거짓말 삼총사의 허(虛)가 시류(時流)를 거스르지 못하고 실(實)로 변해 가는 현실이 씁쓰름하다.

첫 번째 거짓말? '노처녀 시집가기 싫다.' 의 속설이 심상치 않다.

　지금까지 결혼은 신의 섭리이고 인생의 기본적인 '통과의례'로 여겨 왔다. 사람들은 결혼을 통하여 가족이라는 혈연이 형성되고 사회질서가 건전하게 유지되어 왔다. 하지만 근래에는 결혼을 기피하는 비혼(非婚)과 만혼(晩婚)이 젊은이들 사이에서 유행처럼 번지고 있다.

　결혼은 여성들에게 굴레나 족쇄일까. 팔자까지도 남편에게 의존했던 과거와는 완연히 다르다. 근래에 여성의 지위 향상과 자립 능력은 결혼이라는 틀을 바뀌어 놓는다. "결혼은 자랑스런 혼과 독립적인 모든 것의 죽음이다."고 한 도스토옙스키의 말처럼 자기 생활영역의 영어(圄圉)나 부담으로 여겨지는 것일까.

　결혼의 당위성이 무시되고 비혼(非婚) 시대로 접어들지 않나 우려된다.

　둘째 거짓말? '밑지고 판다.'는 말이 위기를 맞는다.

　오래전부터 엄살 끼가 있는 하얀 거짓말임에도 건강하게 살아온 속설이다. 삶이 각박해지면서 익살스런 속설까지 변하고 있다. 경기 침체의 장기화로 밑지거나 본전치기 장사가 도처에 한숨으로 가득하다. 장사는 이문이 있어야 한다. 안면이 있는 L씨는 IMF 때도 "밑지고 판다, 본전치기다."고 엄살을 떨어도 이문이 있었다고 한다. 하지만 요즈음은 거짓이 아닌 참말로 밑지고 팔아도 손님들은 "밑지고 파는 장사 보았느냐."면서 더 깎으려 한다며 울상이다. 극부(極富)와 극빈(極貧)의 양극화가 심화되어 일부 중소기업이나 소규모 상인들은 경쟁에서 밀려, 밑지고 팔다가 거리에 나앉는 사태가 벌어지고 있는 현실이 안타깝다.

셋째 거짓말? '노인의 어서 죽고 싶다.'는 말의 본뜻이 변질되고 있다.

늙어 갈수록 생의 애착이 더 강해진다는데 인간의 본능마저 시류에 묻혀 가는가. 옛날에 노인이 자살했다는 말은 언감생심(焉敢生心)이다. 근래에 황혼 자살이 유행처럼 번지고 있다. 61세 이상 노인 자살자는 2000년에 2,329명에서 2003년에는 3,653명으로 56.8% 증가하였고 매년 그 추세가 날로 더해 가고 있다.

더 심각한 것은 저명한 인사들의 황혼 자살도 만만치 않다는 것이다. 화려했던 과거의 이력을 지금도 버리지 못하고, 초라해진 현실을 받아들이지 못하여 자살이라는 극단의 탈출구로 도피하려는 것일까. 그것은 노욕이 빚은 교만이고 탐욕이다.

자살은 명백한 살인행위이고 사회적 타살이다. 살인자의 주홍글씨를 달고 저승에 가면 누가 반길까. 핵가족화, 자식들의 무관심, 생활고, 질병, 고독, 과거의 향수 때문일까. "하루해가 저물되 오히려 노을이 아름답다."는 채근담에서처럼 인생은 죽을 때까지는 최후가 아니다. 생명은 순리대로 존중되어야 한다.

안타깝다. 이들 거짓말 삼총사가 수난을 겪고 시들어 간다. 보약을 먹여서라도, 악의 없는 푸념으로 회자되었으면 좋겠다.

거짓말 삼총사는 사회의 풍자이고 해학이다.

오해

효심이 지극한 두 아들이 있었다. 어느 날 갑자기 아버지가 쓰러져 의식불명의 상태가 되었다. 큰아들은 놀라 응급조치를 하면서 동생에게 "빨리 가서 의사 선생님을 모셔오라." 했다. 동생이 돌아올 시간이 지났는데 오지 않자 형은 "도대체 이놈이 죽은 거야, 산 거야." 하며 중얼거렸다. 그 순간 의식이 돌아온 아버지는 아들이 자기에게 말한 줄 알고 충격을 받아 숨을 거두었다.

오해는 이처럼 엉뚱한 사고를 일으키기도 한다. 거미줄처럼 얽혀 있는 인생살이에 헝클어진 실타래가 끼어들어 삶을 혼란스럽게 하고, 언행이나 표정은 본래의 의도와 달리 왜곡(歪曲)되어 엉뚱한 드라마를 연출하기도 한다.

오해는 전달되는 유로(流露)가 사실과 충돌하면서 수박 넝쿨에서 호박이 열리기도 한다. 오해는 와전(訛傳)에서 비롯되는 것이 일반적이지만 주관적 판단이나, 편견이 있을 때 많이 일어난다.

어떤 사안이나 처지에 따라 말이란 악담으로 번질 수 있고, 감사로 이해될 수 있는 양면성을 가진다.

"100살까지 건강하게 사세요."는 보통 사람들에게는 덕담이 되고, 99세 노인에게는 악담이 된다.

"당신의 마음씨는 부처님 가운데 토막 같습니다."는 덕담이만, 목사에게는 맞지 않는 말로 오해를 불러일으킬 수도 있다.

"또 오십시오."는 다정한 인사말이지만, 교도소에서 형기를 마치고 출소하는 사람에게는 악담이다. 이해와 오해는 작은 차이에서 비롯된다.

별이 총총한 여름밤, 유람선 맨 위의 갑판에는 많은 여행객들이 별을 보며 낭만의 밤을 즐기고 있었다. 갑자기 난간에 있던 여인 한 분이 실수로 바다에 떨어졌다. 배에 있던 사람들이 발을 동동 구르며 어찌할 바를 몰랐다. 순간 누군가가 용감하게 바다로 뛰어내렸다. 선원이 구명 밧줄을 내려주고 숨 죽이고 기다리는데 얼마 후 여인을 업은 채 밧줄을 잡고 구사일생으로 올라온 사람은 놀랍게도 이 배에서 나이가 제일 많은 노인이었다. 모두 그 노인의 용기와 살신성인의 정신을 존경하며 감탄했다. 그리고 그 노인을 위한 연회석을 만들고 소감을 부탁했다. 이때 이 노인은 얼굴에 노기를 띠고 "나를 바다에 밀어 넣은 놈이 누구냐."고 고함을 질렀다. 이렇듯 많은 이의 감정이 하나 같이 오해하는 경우도 있다.

2년 전 딸 결혼 때 일이다.

초청해도 실례가 되지 않을 P씨에게 청첩장을 보냈다. P씨와는 공직에 있을 때 친하게 지냈고, 그의 동생 결혼 주례를 내가 맡았던

나의 실체는 향기 없는 조화입니다.

나는 美를 무기 삼아 생화처럼 행세하면서 많은 이들에게 오해를 안겨 줍니다.

각별한 사이다. 결혼식 며칠 전에 그로부터 책 한 권이 배달되었다. 장 그르니에가 쓴 『섬』이라는 책이었다. 고맙기도 했지만 내가 이미 읽은 책이어서 몇 장 넘기다가 책장에 넣었다.

딸 결혼식에 그는 오지 않았다. 사정이 있으면 못 올 수도 있다. 하지만 축하해 줄 사이라면 축하 글이나 축의금이라도 보내는 것이 보통 사람들의 관례이고 우리 시대의 정서다. 소견이 좁아서인지 섭섭했다. 내가 정년을 하니까 무관심하는가 하는 자격지심까지 들었다. 3개월이 지난 어느 날, 책을 정리하던 중에 우연히 P씨가 보낸 책 중간 부분에서 봉투를 발견했다. 이럴 수가! 봉투 안에 축의금이 들어 있고 "사정이 있어 따님 결혼식에 참석치 못해 죄송합니다."라는 편지글이 있었다. 크게 오해했다. 책을 받았을 때 자세히 살펴보았을 것을. 즉시 전화를 걸어 오해한 사연을 말하고 서로 박장대소했다. 그도 나에게서 고맙다는 인사 글이 없어 오해했단다.

오해는 냄새도 형체도 없는 것이 가면을 쓰고 시공을 넘나들며 진실을 호도(糊塗)하면서 풍파를 일으키고, 웃지 못할 코미디를 연출한다. 그러다가 언젠가 진실 앞에서 고개를 숙이지만, 영원히 진실을 농락하는 경우도 있다. 변신술에 능한 오해는 쉽게 본색을 드러내지 않는다.

그는 오늘도 누군가를 골탕 먹이고 누군가를 기웃하며 우리의 주변을 활보한다. 지금도 내가 누구를 오해하고, 누가 나를 오해하고 있는지도 모른다.

그게 아닌데 말이다.

앞서 가신 형님들

어젯밤 부모님 산소에 형님들이 계셨습니다. 마치 생시의 모습처럼 세 분이 다정하게 둘러앉아 알아들을 수 없는 말로 이야기를 하시더군요. 마치 외계인들의 대화 같았습니다. 저는 놀랍고 반가워 그곳으로 뛰어가려고 하는데 발걸음이 떨어지지 않아 몸부림쳤습니다. 꿈이었습니다.

형님들! 보고 싶습니다. 지금은 삼모작 100세 시대입니다. 더 사셨어야지요. 무엇이 급해 그렇게 가셨는지 원망스럽습니다.

어젯밤의 신기한 꿈을 재생하려고 차를 몰고 부모님 산소에 왔습니다. 부모님의 혼령이 오셔서 이곳에 앉아 계신 것 같은 환상이 떠오릅니다.

종심에 들어선지 한참이지만 부모님 앞에서 저는 언제나 어린애입니다. 무릎을 꿇고 "아버님, 어머님 안녕하셨어요. 불효자식이 왔습니다. 어제 형님들이 여기에 왔는데 만나셨나요." 하고 어젯밤

꿈 이야기를 하며 인사를 올렸습니다. 그리고 근래 몇 년 사이에 형님들 세 분이 세상을 떠났다는 슬픈 소식도 전해 드렸습니다.

평생 자식들을 위하여 헌신하시고 덕을 베푸셨던 부모님과 많은 사랑을 주시고 가신 형님들께 영혼의 평강을 기원하는 기도를 드렸습니다.

형님들! 참으로 매정하셨습니다. 애타는 가족들을 남기고 홀쩍 떠나시다니요. 그렇게 가셔야 할 이유라도 있었나요. 안타깝고 원망스럽습니다.

형님들은 생전에 가족을 끔찍하게 사랑하셨고 저희들 형제자매에게도 많은 정을 주셨습니다. 살아생전 많이 베풀고 선하게 사셨기에 가족들의 오열 속에서도 꽃가마를 타시고 하늘나라로 가셨습니다. 고통도, 미움도, 슬픔도 없는 편안한 그곳에서 안식하시길 기도드립니다.

형님들 생전의 모습과 함께했던 추억을 더듬어 봅니다.

윤회 형님

형님은 우리 8남매 중 장남이고 부모와 같은 분이십니다. 형님께서는 2011년도 향년 86세로 이승을 마감하셨습니다. 옛날 같으면 섭섭한 나이가 아니라고도 하겠지만 100세 시대를 맞이한 근자에는 더 사셔야 할 연세입니다.

형님께서는 중학교 교장선생님으로 봉직하시다가 정년을 하셨고 평생을 교육자의 긍지와 양심으로 사셨습니다. 형님께서는 일찍 군산에서 생활 터전을 마련하셨기에 시골에서 자란 동생들은 형님 댁에서 중학교와 고등학교를 마쳤습니다. 참으로 감사합니다.

동생들에게 형제애를 가르쳐 주셨고 사랑으로 보살펴 주셨습니다. 그 많은 시동생들을 불평 없이 뒷바라지해 주신 형수님께 감사합니다.

중학교 때입니다. 형님이 아끼던 자전거로 몰래 연습하다가 자전거를 크게 망가트렸는데 꾸중하기보다 다친 데는 없느냐고 위로해 주셨습니다. 동생들 대소사 때마다 먼 길도 찾아 주시고 형님의 도리를 다 하셨습니다.

오래전 제가 어느 지역 어떤 관서의 책임자로 첫 발령을 받았을 때 백 리 길을 오토바이를 몰고 오셔서 축하해 주셨습니다.

고맙습니다. 뒷일은 성실하게 살고 있는 가족들에게 맡기고 편히 쉬세요.

형님! 명복을 빕니다.

종회 형님

형님은 해양대학을 졸업하시고 외항선 기관장으로 계시면서 오랫동안 세계를 누비면서 마도로스 생활을 하셨습니다. 그리고 정년 무렵에는 해운회사의 대표까지 하셨습니다. 축구를 좋아하셨고 학창 시절에는 선수로 뽑히기도 하셨습니다.

저는 형님 댁에서 4년간 대학을 다녔습니다. 형수님께서 잘해 주셨습니다. 감사드립니다. 형님께서 휴가차 해외에서 돌아오시면 외식도 같이하고 산책도 자주했습니다. 낚시를 하면서 형제간의 정을 덥혔고 좋은 추억을 쌓기도 했습니다. 형님은 인정이 많으셨고 동정심도 많았습니다.

어느 날 여름이었습니다. 형님과 나는 배낭을 메고 밀양 한재내천으로 탐석을 하러 갔습니다. 수석을 찾으면서 시원한 물가에 앉아 도시락과 수박을 먹으며 인생 이야기도 많이 했지요. 저녁때가 되어 어느 작은 음식점에 들어가 소주 몇 잔에 매운탕 맛은 지금도 잊을 수 없네요. 그때 탐석한 국화석을 저는 지금도 소중하게 소장하고 있습니다. 그 수석을 보면 형님 생각이 납니다.

형님, 말년에 하시는 일이 여의치 못해 많이 힘드셨지요. 자주 찾아뵙고 같이 아파해 드리지 못해 죄송하고 마음이 아픕니다. 형님은 79세의 아까운 나이에 세상을 떠나셨습니다.

이제 태풍도 다 지나갔습니다. 아직도 젊고 열심히 사는 아들들과 딸이 건재하고 형수님도 잘 계십니다.

아픔도 거짓도 눈물도 없는 나라에서 편안하세요.

형님! 명복을 빕니다.

인회 형님

형님은 저보다 두 살 많은 편안하고 친구 같은 분이십니다. 대학을 졸업하고 농협에 근무하시다가 귀농하셔서 연로하신 부모님까지 모셨습니다. 많이 힘드셨지요. 참으로 고맙고 감사합니다.

형님은 유능한 새마을 지도자로서 농촌의 발전에 크게 기여하셨습니다. 많은 농토를 관리하시면서 부모님 모시기가 그리 쉬운 일이 아니지요. 형수님도 고생이 많으셨습니다. 감사합니다. 형님과는 추억이 많습니다.

방학 때는 땀을 뻴뻴 흘리며 논 가운데 있는 연못의 물을 품고 고기 잡던 일, 한겨울 깊은 방죽에서 스케이트를 타다가 할아버지한테 들켜 한나절이나 창고에 갇혔던 일, 재미로 밀가루를 반죽하여 빵을 만들어 먹다가 설은 빵을 먹고 배가 아파 변소를 들락거리던 추억들이 새록새록 솟아납니다.

내가 어릴 때 나를 놀리는 애가 있었지요. 나를 괴롭히다가도 형님만 나타나면 그 애는 꼬리를 내리고 나에게 간살 떨던 생각이 납니다. 어릴 때 형님은 나의 든든한 방패가 되어 주셨습니다. 인정도, 사랑도 많았습니다.

한참 열심히 일할 때 불행이도 어느 날 운전 중에 큰 부상을 당하는 사고를 만났습니다. 애석하게도 이 차 사고가 형님의 황혼을 검게 물들였습니다. 참으로 가슴 아픈 사연입니다. 이로 인해 병원 생활을 오래 하셨고 아까운 74세에 타계하셨습니다. 요즈음 나이로는 젊은 나이이고 하시는 일도 많았는데 안타깝습니다. 운명으로 알고 마음을 달랩니다.

자식들은 잘 되어 있고 형수님도 편안하시니 염려 마시고 통증 없는 그곳에서 편히 쉬세요.

형님! 명복을 빕니다.

앞서 가신 형님들

저는 지금 부모님 산소 앞 양지바른 곳에 앉아 형님들을 추모하면서 이 글을 씁니다. 두서없이 쓴 글을 우표 없이 형님들이 계신 하늘나라로 띄웁니다.

회자정리(會者定離), 생자필멸(生者必滅)이라 했습니다. 만난 사람은 반드시 헤어지기 마련이고 산 사람은 언젠가 죽게 되어 있지요. 저도 어느 날, 부모님과 형님들 곁으로 갈 것입니다.

형님들, 사랑합니다. 꿈에라도 가끔 찾아 주세요.

재삼 명복을 기원합니다.

상흔의 훈장과 주홍글씨

T.S 엘리어트의 시처럼 4월은 잔인한 달인가.

정치는 삼한사온도 없이 먹장구름에 가린 수억, 수십억의 화약고가 천둥을 친다. 나만이 선량이라고 자화자찬 열을 올리고, '아니면 그만' 인 유언비어가 난무한다. 삶의 터전에는 순리와 질서가 푸른 신호등을 무시하고, 넥타이와 머리띠가 좌충우돌한다. 경제는 얼어붙어 봄 햇살에도 요지부동이고, 삼팔선과 이태백은 미로에서 우왕좌왕한다. 한 송이 국화꽃을 피우기 위한 몸부림이라면 좋으련만. 이런 터널 속에서도 아름다운 의인이나 베푸는 사람들이 지면에 등장할 때는 가슴이 따뜻해지고, 불신자 몇 백만, 자살, 학대 같은 기사를 접하면 칼바람이 분다.

오늘 모 일간지에 아름다운 가족 사랑과 가슴 아픈 가족 해체를 실었다.

사경을 헤매는 아버지를 살리기 위해 자신의 간을 선뜻 떼어 준 두 아들의 이야기가 하얀 봄맞이꽃 속살처럼 지순하다.

교사인 K(51)씨는 간경화와 간종양의 합병증으로 생사의 기로에 놓였다. 군 복무 중인 성일(22) 씨와 동생 강일(20) 씨는 자신들의 간을 떼어 아버지의 생명을 이었다. 그들은 "누구나 이런 상황에 처하면 저희들과 같이 했을 것입니다." 하며 겸손해했다.

파란 마스크를 하고 병석에 누워 있는 아버지를 근심스럽게 바라보는 이들 형제의 모습은 지고지선(至高至善)의 현장이었다. 큰아들의 간 350그램과 작은아들의 간 250그램을 떼어 아버지에게 이식하는 대수술이 19시간에 걸쳐 이루어졌다.

3부자는 가슴 아래쪽에 똑같이 상흔의 훈장을 달았다. 이는 가족의 저력이고 자랑스러운 효의 표상이다. 망가질 것 같은 우리 사회의 네트워크가 고장 나지 않고 돌아가는 것은 이런 젊은이들이 있기 때문이 아닐까.

어머니의 갈등도 컸을 것이다. 이들 형제는 어머니 몰래 의료진을 만나 아버지의 치료방법이 간이식 수술밖에 없다는 진단을 듣고 어머니를 설득했다. 어머니의 심정은 어떠했을까. 반대할 수도, 찬성할 수도 없는 어려운 수수께끼를 만나 고심했을 것이다.

TV 인기 드라마 〈대장금〉의 한 장면이 연상된다.

주인공 장금은 대담하게도 임금에 대한 대비의 오해를 풀어 주고 대비가 치료를 받도록 묘한 문제풀이 내기를 건다. 하루 말미를 주고 대비가 알아맞추면 장금이 목숨을 내놓고, 맞추지 못하면 대비가 치료를 받아야 하는 내기다. 대비가 고심하는데 장금이를 해치

려는 최 상궁이 답을 알아내어 은밀히 대비에게 알려 준다. 약조한 시간이 되어 장금이 대비 전에 들어 머리를 조아린다. 장금의 목숨이 날아가는 긴박한 순간이다. 대비는 답을 알면서도 말하지 않고 장금에게 말하라고 한다. 그녀는 대비의 심중을 헤아리고 "어머니입니다."라고 답한다. 다름 아닌 임금의 어머니인 대비 자신이기도 하다. 대비는 이 기묘한 문제풀이 내기에서 이기고도 질 수밖에 없었던가.

대비는 "장금이 네가 이겼다." 하며 치료를 받는다. 답을 알면서도 말하지 못하는 대비의 심정처럼 여기 두 아들 어머니의 심경은 혼란스러웠을 것이다.

아직은 젊고 할 일이 많은 남편의 죽어 가는 모습을 마냥 지켜만 볼 수도 없고, 그렇다고 앞길이 구만리인 자식들의 건강을 어찌 염려하지 않으랴. 고심 끝에 해답을 자식들에게 맡겼을 것이다.

아버지는 자식에게 미안함과 감사함으로 숭고한 혈육의 의미를 느꼈을 것이고, 자식은 물려받은 육신으로 꺼져 가는 아버지의 생명을 이어 준 자식의 당연한 도리라고 생각했을 것이다. 어머니는 3부자의 육신에 새겨진 '상흔의 훈장' 을 보고 어떤 풍파에도 흔들리지 않는 가족의 소중함과 사랑을 확인했을 것이다. 가족의 의미를 명쾌하게 설명한 대목이다.

한편, 같은 지면에 다른 사연.

부모가 자식의 학대로 양로원이나 지하 냉방에서 외롭게 지낸다는 기사다. 온갖 고초를 겪어 가며 자식들을 위해서라면 우리 부모들은 어떤 희생도 감수했다.

6.25 동란 시절의 어느 예화다.

혹한의 날씨에 피난 대열에는 만삭의 여인이 끼어 있었다. 갈 길이 급한데 그녀는 다리 밑에서 아이를 분만한다. 때마침 선교사 한 분이 그곳을 지나다가 실오라기 하나 걸치지 않은 알몸으로 엎드려 있는 여인을 발견했다. 선교사가 가까이 갔을 때 그 여인은 이미 동사했고, 자기 옷을 모두 벗어 얼지 않도록 품안에 무엇인가를 꼭 껴안고 있었다. 그 품안에서 갓난아이가 울고 있었다. 어머니들은 이처럼 자기 생명을 바쳐서라도 자식을 보호한다.

이 모(84) 노인은 "자식들이 한 번이라도 찾아오지 않을까 기대했는데……."라며 말끝을 흐린다. 남편을 일찍 여이고 3남 3녀를 야채장사하며 자식들만을 위해 뼈가 으스러지도록 일했다. 5년 전 전재산인 집 한 채를 정리하여 큰아들네 집에 들어갔다. 하지만 용돈은 고사하고 아들은 눈치를 하고 며느리는 입에 담을 수 없는 욕설과 주먹질까지 했다. 이 노인은 이웃 주민들의 도움으로 지하 월세방에서 폐품을 모아 근근이 살아간다. 자녀들이 있기에 생활보호대상자의 지원 혜택도 없다.

같은 날 자식의 홀대로 홀로 지내던 박 모(66)씨는 사는 것이 고통스러워 자살했고, 노환으로 숨진 한 모(80) 할머니는 거둬 줄 수 있는 50대 아들이 둘이나 있지만 이들에게 외면당한 채 시립장묘사업소에서 화장해 주었다.

정을 쏟아 기른 자식들에게 박대받을 때의 심경은 죽기보다 견디기 어려웠을 것이다. 부모를 버리는 자식이 그들 자식에게 어떤 위선의 가면을 쓰고 연기할까. 그들은 자기 가슴에 붙은 주홍글씨를 못 보는 심맹(心盲)일까. 사랑하는 자식들한테 언젠가 받을 더 가혹한 응보의 대가를 모르는 무지한 철면피일까. 고려장 제도가 이 시대에도 존재한다면 강제로 끌려간 노부모들의 원혼(冤魂)이 서린 신음 소리가 산마다 가득할 것이다.

배를 채우기조차 힘든 시절에도 가족만은 끈끈하고 따뜻했다. 핵가족으로 번지는 시대적 급류 속에서 상훈의 훈장과 주홍글씨는 어떻게 변모해 갈까. 오늘 우리 시대가 겪고 있는 곤고, 갈등, 물질만능과 나만의 웰빙을 시류라고 뒷짐만 짓고 있을 것인가.

이제 총선도 끝났다. 큰 정치는 국민을 편안하게 하고 희망을 갖게 하는 것이다. 남을 밀어내기보다 포용하고, 분열보다 화합하고, 상처내기보다 치유해야 상생한다. 지금은 이념 논쟁이나 비평 논쟁보다 민생 안정에 힘을 모을 때다. 우리 모두는 힘들어하는 내 가족, 내 직장, 내 국가를 위해 한 목소릴 내야 할 때다.

끝 날에 새겨질 이름표에 주홍글씨보다 상훈의 훈장이 자랑스럽지 않을까.

가족은 조건이 아니라 사랑이다.

연하장(年賀狀)

한해를 보내고 새해를 맞는 송구영신(送舊迎新)의 의미는 크다.

연하장을 쓰는 일은 해가 바뀌는 시점에서 가까운 사람들에게 그간의 고마움과 새해의 복을 기원하는 아름다운 예의범절이다. 각박한 세상에서 나를 위해 정다운 마음을 보여 주고 행운을 빌어 주는 사람이 있다는 것이 얼마나 감사한 일인가.

지난 연말에도 많은 분들로부터 복을 담은 연하장을 받아서인지 큰 어려움 없이 한 해를 보내고 연말을 맞게 되었다.

연하장은 마음의 끈이다. 한 해 동안 고마웠던 사람, 정을 나누고 싶은 사람, 이런저런 사연으로 잊거나 소홀했던 사람, 인연의 끈을 더 두텁게 맺고 싶은 사람들에게 따뜻한 마음을 전하는 메시지다.

평소 감정이 안 좋았거나 가까이하고 싶어도 어딘가 어색하고 거리가 있었던 사람, 어느 기회에 사과하고 싶어도 쑥스러워 침묵했던 사람에게 연하장은 화해의 손짓이 되고 소통의 창구가 된다.

연말이면 홍수처럼 쏟아지는 선전물, 전단지, 각종 카드 고지서 같은 우편물 속에서 육필(肉筆)로 쓴 편지나 연하장을 보면 괜히 마음이 설렌다.

12월에 접어들면 몸도 마음도 바쁘다. 틈틈이 시간을 내어 정성을 들여 육필로 연하장을 쓰다 보면 내가 복을 받는 기분이다.

연하장은 형식이나 허례허식이 아니다. 받는 이의 상황을 고려하여 따뜻한 덕담을 전하면, 누군가를 위해 기도하는 것 같아서 내 마음이 정결해지고 충만해진다.

미문(美文)이나 윤색(潤色)된 문장이 아니어도 좋다. 가슴에서 우러나는 소박한 문장이 더 정겹다.

성의 없는 연하장은 감흥을 불러일으키지 않는다. 상투적인 새해 인사와 이름까지 인쇄된 연하장, 정치적이거나 사업적인 연하장에는 인간적인 향기가 없다.

연하장을 보냈는데도 답신이 없을 때는 어쩐지 섭섭하고 자신이 초라하게 느껴진다. 하지만 '감사하고 있을 거야.' 라고 좋은 쪽으로 마음을 돌린다. 그들 모두가 소중한 사람들이기 때문이다.

간혹 까맣게 잊었던 사람, 생각지도 않았던 사람들로부터 연하장을 받을 때가 있다. 무척 고맙고 반갑다. 올해는 일들이 잘 풀릴 거라는 생각이 든다. 뜻밖의 사람으로부터 소중한 연하장을 받았기 때문이다. 더욱 정성 들여 감사의 답장을 쓴다.

20여 년 전, 마음을 상하게 한 동료가 있었다. 그는 직장을 그만두고 개인 사업을 시작했다. 그간 그와는 만남도 없었고 서로 무관심으로 지내왔다. 뜻밖에 그에게서 연하장이 왔다.

"K님! 그간 안녕하신지요. 저는 그간 마음의 짐을 지고 살았습니다. 늦게라도 저의 본심을 전하니 마음이 가벼워지는 것 같습니다. 저의 옹졸한 마음으로 K님께 마음의 상처를 주었습니다. 용서와 함께 죄송한 마음을 이 연하장에 담습니다. 새해 복 많이 받으시고 우리의 관계가 예전처럼 좋아지길 빕니다."라고 육필로 정성들여 쓴 카드를 읽었다.

내가 먼저 사과의 메시지를 보내지 못한 것이 부끄러웠다. 연하장 하나로 곱지 않았던 그에 대한 꽁한 감정이 3월의 눈처럼 녹아내렸다. 먼저 사과의 손을 내미는 그에게서 세월이 가져다 준 마음의 힘이 느껴졌다.

즉시 회신을 썼다.

"S님! 감사합니다. 제가 부덕하여 S님의 마음을 상하게 하였습니다. 먼저 사과드리지 못해 미안합니다. 참으로 마음 깊은 친구를 연말에 다시 얻게 되었습니다. 새해의 큰 선물로 마음에 간직하겠습니다. 이를 계기로 우리의 관계가 더욱 아름답게 피어나길 기원합니다."라는 내용을 손글씨로 정성 들여 써서 우송했다. 잃어버린 친구를 찾은 것은 연하장의 저력이 아닌가 생각해 본다. 하루가 다르게 변화의 물결이 소용돌이친다.

육필은 점점 사라져 가고 있다. 촌스럽게 여겨지기까지 하는 것 같다. 이메일이나 폰 문자가 송구(送舊)와 영신(迎新)의 영혼을 손쉽게 그리고 신속하게 배달하기 때문이다.

육필을 고수한다는 것은 단순히 디지털 시대에 아날로그를 고집하는 것일까.

육필은 몸의 글씨이면서 마음의 글씨다. 아직도 연하장만큼은 손
글씨로 쓰고 싶다. 그리고 당신에게도 몸의 온기가 전해지는 손글
씨를 써 달라고 떼쓰고 싶다.

바둑과 인생

바둑은 인생의 축소판이다. 가로세로 19줄 안에서 수담(手談)이 펼치는 한판 승부는 희로애락의 이치가 서려 있다. 탐과 비움, 끈기와 깊이, 역전과 재역전이 파노라마처럼 펼쳐지면서 한 편의 논픽션 드라마를 연출한다.

바둑은 남녀노소 구별 없이 두 사람이 겨누는 사교(社交)이고, 기예(技藝)이고, 사유(思惟)하는 수담이다.

위기(圍棋), 바둑을 두다 보면 깨달음과 교훈을 얻고 수양을 쌓는다. 더하여 사고력과 집중력을 기르고, 활발한 두뇌 활동으로 치매를 예방하는 장점을 본다. 감하여 시간 도둑이 숨어 있기도 하다.

10여 년 전, 바둑을 좋아하고 만나면 편안한 몇몇 고교 동창들이 바둑사랑 모임인 '바사모'를 만들었다. 매주 목요일 오후 2시, 10여 명의 친구들이 종로3가 '바둑세계기원'에서 만나 바둑을 즐기며 우정을 공유한다. 친구 중에는 아마 5단도 있지만 거의가 4, 5급

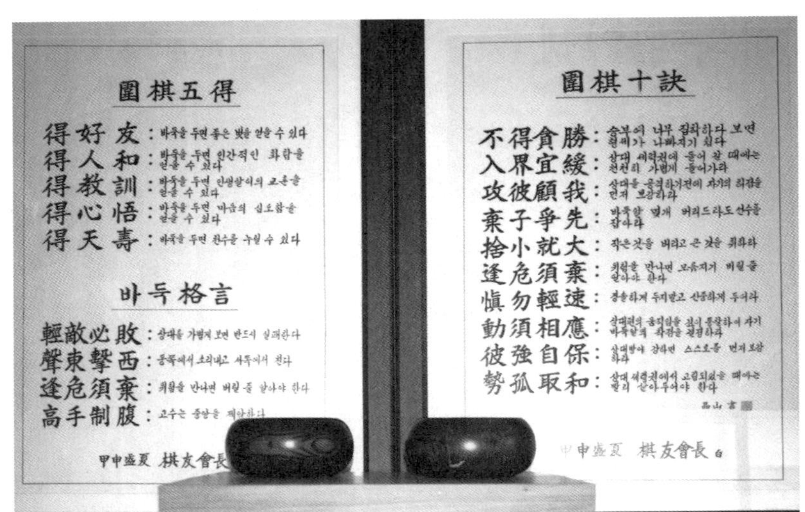

바둑은 인생의 축소판이다.

수준이다.

　포커나 고스톱은 돈을 걸어야 맛이 나고, 이기고 지는 것은 운칠기삼(運七技三)이다. 바둑은 운이기팔(運二技八)이고 내기 없이도 스릴을 만끽할 수 있다.

　나는 바둑을 즐기면서도 때로는 시간 도둑이라는 생각을 한다. 목전에 바쁜 일로 시간에 쫓기다가도 바둑 둘 기회가 생기면 유혹을 뿌리치지 못한다. 실컷 즐겁게 두고 나서 금쪽같은 시간을 감쪽같이 날렸다고 자책하기도 한다. 그럼에도 목요일이 기다려짐은 우유부단한 성정(性情) 때문이라기보다 친구가 좋고 바둑을 사랑하기 때문이 아닐까.

우리는 내기 대신, 호선 정선 바둑에서 세 번 연속 이기거나 지면 흑백이 바뀌고 접바둑이 된다. 동급에서 백을 쟁취하면 아이들처럼 우쭐대며 동심에 젖기도 한다. 바둑을 한참 두다 보면 간혹 돌의 위치가 애매하여 우기다가 수담(手談)이 구담(口談)으로 변질되기도 한다.

바둑은 땅따먹기 싸움이다. 영토를 넓히려고 피비린내 나는 전투가 시종 이어진다. 내 땅이라고 말뚝을 박아도 긴장을 풀 수 없다. 적의 땅이 좀 넓다 싶으면 기회를 엿보다가 낙하산 부대를 투입하여 치고 박고 싸우다가 잡아먹고 먹히고 굴러 온 돌이 박힌 돌을 빼내기도 한다. 동쪽을 칠 듯이 연막을 피우다가 서쪽을 공격하는 성동격서(聲東擊西)의 병법을 인용하기도 한다. 판세가 불리하면 특공대를 내세운다. 죽기를 각오하고 화약을 물고 적의 성곽에 뛰어들어 불을 지르다가 타 죽기 일쑤지만 기발한 지략을 짜내어 상대를 굴복시키기도 한다. 판세가 유리하면 돌다리도 두들겨 보며 수비에 치중한다.

바둑은 인생과 많이 닮았다.

과유불급(過猶不及), 정도를 지나치면 미치지 못한 것과 같다. 더 성취하려는 욕심, 더 많은 땅을 차지하려는 욕심은 화를 부르기 마련이다.

소탐대실(小貪大失), 부득탐승(不得貪勝)은 인생사나 바둑판에서 회자되는 사자성어다. 내 땅이 많은 데도 남의 땅이 더 커 보이면 불나비가 되어 눈이 어두워진다. 바둑은 반집만 많으면 이기는 데

말이다.

수적석천(水滴石穿), '물방울이 돌을 뚫는다.' 는 뜻이다. 끈기를 갖고 생각하고 또 생각하면 안 보이던 묘수가 나타나 막힌 길을 뚫는다. 약세를 포기하지 않고 끈질기게 최선을 다하면 기회가 오고 역전의 발판이 마련된다. 인생사에서 어려움이 있더라도 인내하면 후에 성공하는 사례가 많지 않은가.

사소취대(捨小就大), 대(大)를 위해 소(小)를 희생한다. 대승적인 차원에서 적진에 들어가 자신을 희생하고 아군의 진로를 돕는 군사는 승리의 밑알이다. 작은 것을 버리고 큰 것을 얻는 것은 되로 주고 말로 받는 현명한 거래다.

신물경속(愼勿輕速), 경솔하게 서둘지 말고 신중할 것을 주문한다. 매사에 선택이나 결정은 신중을 기해야 하듯, 바둑에서도 한 수 한 수 깊이 생각하고 착점해야 실수를 모면한다. 한 수로 한순간에 부자가 되고 거지가 된다. 신중에 신중은 기도(祺道)이기도 하다.

세고취화(勢孤取和), 세가 불리하면 화해를 청한다. 이기기도 어렵고 이겨도 큰 이득이 없어 보이면 화해를 청하듯, 바둑에서도 흑백 간에 힘겨운 싸움이 예견될 때 구태여 전투를 버릴 필요 없이 바꿔치기나 화해를 청한다.

위기(圍棋)는 단순한 취미나 레크리에이션의 의미를 넘어 머리에서 손끝으로 이어지는 사고(思考)의 과정이다. 바둑 속에 숨겨진 무궁무진한 변화와 깊이, 신출귀몰(神出鬼沒)한 수읽기, 인생의 이치와 상통하는 반상의 법칙, 깊이 팔수록 단물이 솟는 무한한 창조성은 생각하는 예술이기도 하다.

나는 지금까지 어떤 성향의 바둑을 두어 왔는가.

사람마다 품성이 달라 어떤 사람은 한 수 착점할 때마다 심사숙고하는 장고(長考) 형이고, 어떤 이는 깊은 생각보다 감각적으로 두는 속기(速棋) 형이다. 나는 감각적인 속기 형에 속한다. 장고 형과 바둑을 둘 때는 답답함도 있지만 상대의 자세가 돋보이고 품위가 있어 보인다. 장고 형 사람들의 자세를 닮아 보려고 몇 수 시도하지만 어느새 속기로 변해 버린다. 천성인가 보다. 많이 수련해야 할 과제다.

반상에서 펼쳐지는 인생의 청사진을 들여다보며 많은 것을 깨닫고 반성한다. 과유불급(過猶不及), 수적석천(水滴石穿), 사소취대(捨小就大), 신물경속(愼勿輕速), 세고취화(勢孤取和)의 사자성어를 떠올리며 비우고 참고 양보하고 신중하고 화해하면서 잘못 길들여진 습관이나 단점을 바로잡아 가는 공부를 한다.

이제부터 좀 더 성숙한 바둑, 품위 있는 바둑을 두고 싶다. 승부에 집착하기보다 즐기는 바둑, 속기바둑보다 장고 형 바둑으로 바둑의 깊이를 맛보아야겠다.

위기(圍棋)는 수담이고 인생의 축소판이다.

목요일이 기다려진다.

4부_재회

나무야 고맙다.
죽음의 갈림길에서 너는 내 생명을 건졌다.
무엇으로 너의 은혜를 갚을까.

기적(奇蹟)

분명 기적이었다.

1%의 생(生)이 99%의 사(死)를 무너뜨린 초극(超克)의 권능은 무엇일까. 삶과 죽음은 백지 한 장의 장막인가. 생존불능으로 보이는 암벽의 벼랑 끝에 한 그루의 나무가 뿌리내려 한 생명을 지키고 있었다.

보길도, 당사도, 노화도의 섬 기행(紀行)을 마치고 청산도에 왔다. 경일장에 여장을 풀고 곧바로 섬 탐방에 나선다. 영화 〈서편제〉 촬영지, 바다와 뙈기논이 맞선 보는 도락리 마을, 앞개 해변의 정경이 한 폭의 그림이다. 일몰이 연출하는 장관(壯觀)을 쫓다가 해거름을 만난다. 장엄한 불덩어리는 구름에 가리고 붉은 노을이 낙조를 대역한다. 청산 섬의 밤은 깊어 가고 등대마저 시리도록 고적하다.

2007년 6월 7일

아침 일찍 관광길에 나섰다. '섬은 영원한 청춘이다.'는 짙은 인상을 풍긴다.

드라마 〈봄의 왈츠〉 촬영지, 범바위, 전망대를 답사하고 신흥리 해변에 왔다. 푸른 바다에 촘촘히 박힌 원근의 섬들이 환상적이다.

카메라를 목에 걸고 홀로 고즈넉한 해안을 걷는다. 악어 가죽처럼 얽고 폭우를 만난 밭이랑처럼 움푹움푹 패여 오만 형상으로 조각된 해안 암반이 경이롭다. 점입가경(漸入佳境)인가. 500여 미터 전방에 신비스런 무인도가 나타난다. 한 점의 수석 같다.

섬 주변에서 해녀들이 몰아쉬는 가쁜 숨소리가 한 서린 비파 음으로 들린다. 때마침 썰물로 바다 밑이 드러나 천혜의 아름다운 해안을 따라 무인도까지 걸어갈 수 있을 것 같아 가슴이 설렌다.

숨겨 둔 보물이라도 찾을 것처럼 벅찬 흥분을 안고 5분여 그 무인도를 향하여 걷다가 장애물을 만난다. 해안 길이 바닷물에 끊겨 더 갈 수 없다. 목전에 원고지를 채워 줄 이 은밀한 섬을 포기할 수는 없지 않은가.

필부지용(匹夫之勇)의 자만일까. 완만하게 보이는 암벽을 타고 올라가 산길로 돌아서 다시 해안으로 내려오면 그 섬에 갈 수 있을 것 같다. 조심조심 바위벽을 기어오른다. 이게 무슨 날벼락인가. 자연이 노했는가. 힘겹게 암벽을 타고 올라와 길도 아닌 산길을 딛는 순간, 미끄러져 몸은 사정없이 암벽 아래로 구른다.

두 번, 세 번 뒹굴 때만 해도 무엇이라도 잡고 멈출 거라고 생각했다. 필사적으로 바위 틈새라도 잡아 보려고 갖은 애를 쏟았지만 고립무원(孤立無援)이다.

"안 돼, 더 구르면 죽어, 낭떠러지야 멈춰야 돼." 소리쳤지만 내 몸체는 속수무책으로 계속 굴러 내려가는 절체절명의 위기에 놓였다.

'주여! 살려 주세요. 죽으면 안 돼요. 할 일이 남았어요.'

애걸하는 비명이 허공을 가른다. 순간 가족들의 얼굴이 번개처럼 스친다. 혼미한 상태에서 내 몸은 어느 순간, 자그마한 나무에 받혀 멈췄다. 꿈인가 생시인가. 정신을 가다듬고 주위를 살펴본다. 가슴이 철렁 모골이 송연하다. 나를 받쳐 준 그 나무 아래는 30여 미터 낭떠러지이고 바닥은 암반이 아닌가. 어떻게 이런 암벽에 나무가 생존할 수 있을까.

'나무야 고맙다. 죽음의 갈림길에서 너는 내 생명을 건졌다. 무엇으로 너의 은혜를 갚을까. 물 한 방울도 얻어먹기 어려운 바위틈에서 나를 살리려고 북풍한설 모진 인고를 견디며 이 벼랑을 지키고 있었구나.'

주여! 감사합니다. 나 같이 하찮은 생명까지 사랑하시어 생명나무를 이곳에 예비하셨나요. 눈물 속에 감사 기도가 봇물처럼 터지고 찬송으로 이어진다.

'나 같은 죄인 살리신 주 은혜 놀라와, 잃었던 생명 찾았고 광명을 얻었네…….'

정신을 가다듬고 내 몰골을 본다. 옷은 군데군데 찢기고 온몸이 피멍들고 카메라와 안경 모자는 어디론가 사라졌다. 마취 주사를 맞은 것처럼 정신이 몽롱하다. 이곳에 더 머물면 목숨을 건져 준 나

나 같은 죄인 살리신 주 은혜 놀라와,
잃었던 생명 찾았고 광명을 얻었네……

무마저 밀려날 것 같아 겁난다.

좌고우면(左顧右眄), 살얼음 딛듯 불안을 안고 간난신고 끝에 그곳을 겨우 빠져나와 해안으로 어렵게 내려왔다. 또 한 번 간담이 서늘했다.

해안 암반 바닥에 육중한 카메라는 떨어져 박살났고, 모자와 안경은 흔적이 없다. 정면 위로는 30여 미터 낭떠러지 높이의 암벽에 내 생명을 지켜 준 그 나무가 아슬아슬하게 벼랑을 지키고 있지 않은

가. 내가 살아 있는 것이 꿈만 같다. 분명 기적이다. 나같이 부덕한 사람도 할 일이 남았다는 신의 은산덕해(恩山德海)일까.

이날 밤 12시, 힘든 상황에서 배로 고속버스로 어렵게 집에 도착했다. 다음 날 병원에서 갈비뼈 골절의 진단을 받고 치료 중에도, 교도소 재소자와 상담 약속을 지켰다. 더욱 감사한 것은 얼굴과 머리는 전혀 상처가 없으니 이 또한 기적이 아닌가.

2007년 6월 7일, 이날의 기적은 내 생애 제2의 탄생이다. 기적 속에 숨겨진 메시지는 무엇일까. 이 기적의 체험을 확실한 증거로 삼아 신의 역사하심을 말로, 글로 간증하라는 묵시가 아닐까. 이를 계기로 허물 많은 내 인생이 변화되고 거듭날 것을 믿는다.

석양에 머문 여생을 새로운 그림으로 색칠하며 살아야 한다. 생명을 건져 준 고마운 나무를 다시 보고 싶다. 나는 그 나무에게 아무 것도 해 줄 수 없어 안타깝다. 만 1년이 되는 날, 물병을 들고 그 나무가 있는 기적의 현장을 다시 찾을 것이다.

목이라도 실컷 적서 주고 싶다. 그리고 그 나무의 잎사귀 하나를 따서 평생 몸에 지니고 감사와 기적의 의미를 가슴에 새길 것이다. 그 고귀한 나무는 나를 지켜 준 생명나무다.

재회

  일 년 전, 청산도에서 일어난 일이다. 갯바위가 널브러진 해안 길을 걷다가 전방에 바닷길이 드러난 신비로운 무인도를 발견한다. 호기심을 안고 그 섬을 향하여 가는 도중, 해안길이 바닷물에 끊긴다. 판도라의 궤를 포기할 수 없지 않은가. 주위를 살피며 암벽을 타고 올라가 산길로 돌아 그곳에 가려던 순간, 미끄러져 수십 미터 암벽 아래로 굴렀다. 고립무원(孤立無援), 절체절명의 죽음 앞에서, 어느 나무에 받쳐 멈췄다. 어떻게 이 나무가 암벽 벼랑에서 나를 지키고 있었을까.

  나는 이 나무를 생명나무라 이름 했다. 2008년 6월 7일, 사고 후 일 년 만에 나는 설렘을 안고 생명나무를 만나러 갔다. 생명을 구해 준 나무에게 물이라도 흠뻑 부어 주고, 그 나뭇잎을 따서 평생 몸에 지니고 싶어서다. 안전을 위하여 로프까지 준비했다.

  아침 8시 20분 완도행 고속버스에 승차했다. 나뭇잎마저 헐떡거리는 무더운 날씨다. 차창 밖에 시선을 던지고 예닐곱 시간 후면 만날 생명나무를 그리며 상념에 잠긴다. 묵묵히 파란 바다만 바라보고 있을 그 나무, 흙 한 줌 없는 암벽에서 얼마나 고달프고 목이 마를까.

'생명의 나무를 만나면 무슨 말부터 할까.'

오후 2시 10분, 완도 여객선터미널에 도착하여 서둘러 청산도행 카페리호에 승선했다. 산, 바다, 섬들의 조화가 이채롭다.

하얀 뭉게구름이 산허리에 걸터앉아 오만 풍경화를 그려 내는데 배는 50여 분 파란 물 주름을 가르다가 청산도에 닻을 내린다.

작년에 머물었던 경일장에 여장을 풀고 콜택시로 사고 지점으로 기억되는 신흥리 해안에 왔다.

택시를 보내고 홀로 생명나무를 찾아 해안을 걷는다. 30도가 넘는 땡볕 무더위에 바람 한 점 없다. 쉽게 찾을 줄 알았는데 두 시간 넘게 헤맸지만 사고 지점과 비슷할 뿐, 오리무중이다. 그 당시의 기억을 떠올려 본다. 해안 길 오른쪽에 바다가 있었고 무인도가 가까이 있었는데 이곳은 왼쪽에 바다가 있고, 무인도가 멀리 떨어져 있다. 답답하다. 사고의 충격으로 위치를 착각하고 있는 것일까. 임과의 재회가 이렇게 어렵단 말인가. 어떻게 만난 인연인데…….

해는 지고 나는 지쳤다. 아쉬움을 남긴 채 내일 다시 찾기로 마음을 돌리고 나무에게 주려고 갈증의 고통을 참으며 아꼈던 물을 양껏 마셨다. 이곳에 데려다 준 택시를 불렀다. 기사는 "손님 때문에 갈 수 없으니 다른 분을 보내겠습니다." 한다.

잠시 후 승용차가 나타난다. 택시 기사의 부탁으로 왔다면서 타라고 한다. 차비를 주려고 하자 사양하면서 "저는 영업하는 사람이 아닙니다. 부담 갖지 마세요. 차가 깨끗지 못해서 죄송합니다." 하며 오히려 미안해한다.

이 한 사람의 친절만으로도 청산도 사람들의 순박한 인심과 따뜻한 인정을 느낄 수 있다. 이분은 이 섬에서 '한아름마트'를 운영한다고 한다. "어찌 여기까지 오셨느냐."고 묻는다. 자초지종을 말하고 내일은 몇 군데를 더듬어서라도 꼭 사고 지점을 찾아 생명나무를 만나야 한다고 했다. 그는 나의 말을 유심히 듣더니 고개를 끄덕이며,

"선생님이 오늘 헤맨 곳은 신흥리와 이어진 목섬 해안입니다. 찾고 있는 사고 지점은 신흥리가 아닌 진산리 해안입니다. 바다는 해안 길 오른쪽에 있고 가까이 보였다는 작은 무인도는 노적섬입니다. 그곳 해안은 거대한 갯바위 암벽으로 장엄하고 아름답지만 걷기에는 위험한 곳이지요." 한다.

기억이 되살아나고 생기가 돋는다. 뜻밖에 얽힌 실타래를 풀어 주는 고마운 분을 만난 것이다. 우연한 행운일까 신의 도움일까. 간절히 원하면 하늘도 돕는다더니.

그분은 확인하자며 그곳으로 차머리를 돌리는 친절을 베푼다. 배려의 진수를 맛본다. 진산리 해안 입구에 주차하고 같이 내렸다.

바로 이곳이야. 탄성이 절로 난다. 낯익은 암반과 거대한 갯바위들, 그리고 곡식 더미를 쌓아 놓은 것 같은 노적섬, 기억이 생생하다.

단숨에 달려가 생명나무를 만나고 싶은 충동을 겨우 참았다. 어둠이 밀려오고, 게다가 생명나무에 줄 물도 없지 않은가. 아쉬움을 남

긴 채 내일을 기대하면서 숙소로 돌아왔다. 한아름슈퍼 주인에게 감사한다.

다음 날 아침 이른 시각, 진산리 해안에 왔다. 흥분을 가라앉히고 사고 지점으로 다가간다. 노적섬이 울창한 나무숲으로 속살을 감춘 채 얼굴을 내민다. 해안 암반이 바닷물에 끊기는 지점에 도달하자 감격과 두려움으로 가슴이 설렌다. 신중히 암벽을 타고 작년 내가 굴렀던 지점에 이르렀다.

듬직한 소나무에 로프를 걸고 내 몸도 묶었다. 긴장과 흥분을 안고 벼랑 입구에서 나를 받쳐 주었던 나무를 찾아 한 걸음 한 걸음 내딛는다. 어느 누구를 만나는 설렘이, 떨림이, 감동이 이보다 더 진할까. 혹설에 동상이나 입지 않았는지, 태풍에 가지는 온전한지……

한참을 헤매다가 드디어 찾았다. 생명나무를 보는 순간 눈물이 핑 돌고 감사 기도가 터진다.

살며시 나무를 안았다. 그리고 준비한 물을 부어 주며,

"많이 보고 싶었다. 잘 있었느냐. 생명을 구해 준 너에게 이렇게 촌심(寸心)을 표할 수밖에 없어서 미안하다."

재회의 감격은 격랑이었다. 나는 한참 동안 임과 함께 바다를 바라본다. 이심전심, 심안의 대화가 더 진지했다. 시간이 많이 지났다. 나는 가야 하고 너는 남아야 하는구나.

이별은 그리움인가 아픔인가.

'잘 있어. 건강하게 오래토록 살아야 해.'

다시 만날 기약을 가슴으로 전하고 소중한 생명나무의 잎을 따서

아무 대가 없이 생명을 구해 주고도
자랑하지 않는 고결한 기품이
나를 부끄럽게 한다.
너를 평생 품에 지니고
겸손과 감사를 배울 것이다.

수첩 갈피에 넣고, 노적섬으로 발길을 옮긴다. 마음과 발걸음이 무거운데 나를 부르는 환청이 가슴을 파고든다.

아무 대가 없이 생명을 구해 주고도 자랑하지 않는 고결한 기품이 나를 부끄럽게 한다. 너를 평생 품에 지니고 겸손과 감사를 배울 것이다.

나는 떠나는데 임은 아무 말 없이 바다만 바라본다.

다짐

세밑 무렵, 일 년을 어떻게 보냈는지 기억조차 희미하다. 한 해의 벼랑 끝에서 어떤 반성문을 써야 하고, 어떻게 새 다짐을 해야 할지 숙연한 심정이다. 우리는 어떤 충동적인 계기가 있거나, 외부로부터 충격을 받을 때에, 마음밭에 다짐이라는 씨앗을 뿌린다.

나는 살면서 이런저런 다짐을 많이 했지만 추수할 때는 알곡보다 쭉정이가 많았다. 어느 것은 잎도 틔우지 못하고 고사했다. 그렇지만 다짐은 나를 성숙시킨 동인(動因)임은 분명하다.

다짐은 구속력이 없는 자기와의 약속이고 목표를 이루기 위한 자기 안의 불문율이다. 다짐은 의지와 인내로 자신을 지키고 처음의 뜻을 이어 가게 한다. 어떤 다짐들은 잘 버티다가 뒷심이 모자라 일 분 여를 남기고 골을 허용하는가 하면, 어떤 것은 자기 합리화나 변명이라는 마약에 취해 봄눈처럼 허무하게 녹아내리면서 용두사미를 낳는다.

작년 이맘때, 새해를 독서의 해로 정하고 두 가지 일을 실천하리라 다짐하며 희망에 부풀었다. 선정한 양서를 모두 읽는 것과 성경 한 번을 정독하는 것이다. 힘차게 시작했으나 기름이 떨어져 다짐의 비행은 공중분해되고 후회는 계속되었다. 마음만 바꾸면 내 다짐을 흔든 범인을 쉽게 제압할 수 있는 터였다. 그러나 요놈이 어찌나 달콤한지 내 자투리 시간까지 훔쳐갔다. 나는 그와의 의기투합하여 소중한 시간을 날린 공범이었다.

인터넷 바둑에 빠져들어 허덕이는 나의 심약한 꼴이라니. '한 번만', '오늘만'을 반복하며 여기(餘技)가 못된 여기(麗氣)가 되어 다짐을 무력화시켰다. 한 번 시작하면 네댓 시간 매달렸다. 인터넷 바둑은 승률이 자막으로 표시된다. 몇 번 내리 이기면 한 급이 오르고, 지면 내려온다. 5급 정도의 바둑인데 처음 정신 차려 둘 때는 운도 작용했는지 4급, 3급으로 승급된다. 달콤하고 우쭐한 마음으로 계속 두다 보면 다시 5급으로 떨어진다. 한 급만 더 올려야겠다는 욕심이 생겨 계속한다.

어떤 경우에는 다 이겨 놓은 바둑인데 클릭을 잘못하여 대마가 죽는다. 화가 나고 억울하여 다시 싸움을 걸고 시간은 자정을 넘는다. 이때부터는 생각하는 바둑이나 즐기는 바둑이 아니다. 오기와 감정의 바둑이 되어 6급, 7급, 심지어 9급까지 내려가기도 한다. 소중한 시간을 이렇게 허물어서야 되겠는가. 몇 번이나 스스로를 질책하며 이제 인터넷 바둑을 않겠다고 다짐했다. 열흘쯤 지나면 다짐이 식어 가면서 사탄이 살래살래 꼬리를 흔들어 마음을 혼란스럽게 한다. '돈내기도 아니고, 도덕적으로 비판받을 일도 아닌데.' 하면서 비장했던 다짐은 꼬리를 내리고 스스로 무너진다. 일종의 중독이다. 바둑 사이트를 탈퇴했다가도 얼마 후 다시 가입하며 중독이 도지는 나약함은 참으로 꼴불견이다. 나와의 약속도 못 지키는 주제에 친구들에게 금연하라, 술을 덜 마셔라 충고한 내 자신이 부끄러웠다. 나는 기도원에 가서 강도 높은 다짐을 하고 나서야 간사한 변명과 놀아난 인터넷 바둑을 몰아냈다.

다짐을 헛되이 하는 것은 자신을 기만하는 것이고, 다짐을 이행하는 것은 자기 관리의 능력이다.

다짐을 가장 많이 하는 때는 세밑이 아닌가 싶다. 우리는 세밑에서 지난 한 해를 회고하고 새해를 향한 새 다짐을 한다. '무엇을 하겠다, 무엇은 안 하겠다.' 는 수많은 다짐들이 꿈을 안고 도전한다.

이번 새해에 어떤 다짐을 해야 할까. 하고 싶은 일들이 얼굴을 내민다. 다 소중한 것들이다. 욕심 같아서는 다 짊어지고 가고 싶지만 한두 번 속았던가. 지난날의 아픈 경험을 살려 신중히 새해 목표를 세워야 한다. 다짐은 행동으로 이어질 때만 의의를 갖는다.

희망찬 새해를 기대하면서 새로이 두 가지 다짐을 한다. 글 ○○ 편을 쓰고, 양서 ○○권을 읽겠다고 다짐한다. '작심삼일' 이 고개를 들면 3일마다 작심을 할 것이다. 다짐을 지키는 것은 인내라기보다 인격이다.

다음 세밑에서는 꼭 웃어 보고 싶다.

수석과의 만남

나는 수석 애호가다. 30여 년 전, 수석의 심밀한 매력에 빠져 산천을 더듬었다. 토요일이면 배낭 하나 짊어지고 애석(愛石)을 찾아 정처 없이 돌밭을 헤맸다. 일상을 벗어나 자연과 희유하며 탐석(探石)을 하다 보면 잡(雜)은 사라지고 무심 속에 평온이 깃든다.

아미엘은 "예술은 언제나 대자연에서 추출된다."고 했다. 수석(壽石)은 관상용의 자연석이다. 억겁의 세월에 묻혀, 폭풍우에 찢기고 햇살에 담금질하고 물살에 아물어 탄생한 천연 예술품이다. 생김새, 석질, 색상이 다양하고 기기묘묘하여 감상하는 기술에 따라 수석의 품격이 달라진다.

무료할 때는 수석을 본다. 닦아 주고 상상하며 마주하는 시간이 길어도 짧게 느껴진다. 심미안이 아둔해서일까. 아직도 그들의 내밀한 신비는 안개 속이다. 자연이 만든 걸작의 오묘한 이치를 어찌 알 수 있을까. 모르기에 항상 보아도 새롭고 그 안에서 무엇인가 찾으려 한다.

"여자를 돌 보듯 하라."는 말이 있다. 나에게 이 말이 적용된다면 나는 사고 다발 공장이 되지 않을까.

만남은 인연이다. 수많은 수석 인이 눈에 불을 켜고 훑어간 곳에서도 잡히지 않고 누구나 부러워할 녀석이 나의 눈에 띄는 것을 보면 인연은 따로 있나 보다. 내가 인연을 만든다기보다 수석이 인연을 만드는지도 모른다.

수석은 대자연의 축소판이다. 태고의 풍화가 빚어 놓은 한 점의 돌 안에서 산하의 숨소리가 들리고 삼라만상이 펼쳐진다. 수석은 천연 그대로여야 한다. 자르거나 갈아서 형태를 달리하는 것은 '조화가 생화가 될 수 없는 것처럼' 수석이 아니다.

수석에 발 디딘 초기에는 탐석한 수석의 좌대(받침대)를 전문점에 맡겨 감상했다. 어느 때부터인가 서툰 솜씨라도 내 정서가 담긴 좌대를 만들고 싶어 손수 조각한다. 좌대를 깎다 보면 어느새 자정을 넘겨 조각칼이 움직일 때마다 사각사각 나무 깎이는 소리에 고요한 밤이 흔들린다.

한때는 해외여행 중에도 탐석에 열을 올렸지만, 수년 전부터 채취하지 않는다. 돌 한 점, 풀 한 포기도 자기 자리에 있을 때 아름답다. 욕심을 채우며 수석을 사랑하기보다 비우며 사랑하는 순리를 늦게 깨우쳤다. 이제는 내가 소장한 100여 점 만으로도 자연을 만나고 즐길 것이다.

무엇보다 수석만큼은 남에게 주는데 인색했던 아집도 바꿔 여러 점을 시집보내기도 했다.

오늘은 방 안에서 몇 점 수석을 데리고 그들 고향을 찾아 추억을
더듬는다.

천사의 비상

이 수석은 85년 여름, '울고 왔다 웃고 간다.'는 산고수장(山高水
長)의 장수읍 덕산계곡에서 채취했다. 이 수석을 보면 아내와 함께
이곳 내천을 걷던 추억이 아른거린다. 하늘색 바탕에 백의천사가
희망을 안고 엷은 구름을 지나 하늘로 비상하는 문양석이다. 가장
자리에는 물 주름이 새겨져 세월의 인종(忍從)을 대변한다. 변변한
도구 없이 이 좌대를 조각하는 데 많은 시간과 정열을 쏟았다.

〈천사의 비상〉을 대면하면 마음이 맑아지고 상상의 나래가 꿈속
을 헤맨다.

국화석

〈국화석〉은 80년도 미나리 산지로 유명한 청도 한재마을의 내천에서 탐석한 화문석이다. 수많은 수석 인이 밟고 지나갔지만 용케 숨었다가 나를 기다렸나 보다. 이 꽃 돌을 보는 순간 가슴이 벅차고 "바로 너야."라고 소리쳤다.

유명 화가가 하얀 화선지에 먹물을 푹 찍어 붓으로 그린 한 폭의 동양화다.

이 꽃 돌을 보고 있으면 '한 송이 국화꽃을 피우기 위해 봄부터 소쩍새는 그렇게 울었나 보다…….' 미당의 〈국화 옆에서〉 시상이 떠오르고 늦가을의 기상 속에 정취를 느낀다. 좌대를 깎으면서 〈국화석〉과 대화하며 더 친숙해졌다.

이 수석은 81년도, 친구와 함께 거제 학동 해변에서 만났다.

세월의 위력과 반복의 저력을 보여 준다. 어떻게 물렁한 파도가 강철 같은 돌덩어리를 기계로 다듬은 것처럼 둥글게 조각할 수 있을까. 자연은 무소불위다. 이 수석 명을 〈대기만성〉이라 했다.

'크게 될 사람은 늦게 이루어진다.' 고 기다림의 미학을 일러 주는 것 같다.

〈대기만성〉, 이 수석은 바닷물 색상에 공처럼 완벽하게 둥글고

석질도 우수하다. 각을 세우지 않
고 인고와 중용, 겸손과 비움이 배
어 있다.

이 원석(圓石)을 대면하면 이곳
해변에서 함께 탐석했던 이성수
친구가 그리워진다. 애석하다. 젊
은 나이에 먼저 하늘나라고 떠난
친구는 진실하고 자랑스런 나의
친구였다. 그래서 이 수석이 더 소
중하다.

대기만성

87년 여름, 수석동호인들과 탐석
차 충주 목계에 갔다. 불볕더위를 안고 내천을 너덧 시간 훑었지만
마음에 드는 수석을 한 점도 못 건졌다. 발길을 돌리려니 배낭이 허
전하다. '5분만 더' 하며 돌들을 들추는 순간 눈이 휘둥그러진다.
피로는 단번에 가시고 보석을 채취한 부자 기분이다. 이렇게 이 녀
석을 만났다.

이 오석은 수석의 3요소인 석질, 색상, 형태를 두루 갖춘 진오석
이다. 석질은 금강석처럼 단단하고, 색상은 수석의 으뜸 색으로 까
마귀처럼 검고, 생김은 물개 같기도 하고 네발 달린 짐승 같기도 한
물형이다.

돌 갖은 유리처럼 매끈하고 수마(水磨)가 완벽하여 파리가 앉았
다가 낙상할 것 같다. 좌대를 만들어 앉혀 보니 석명이 없다. 고심

생각하는 보석

하다가 〈생각하는 보석〉이라 이름 했다.

먼 바다, 먼 산을 바라보며 생각하는 석심(石心)이 배어 있다. 물형이나 문양이 완벽한 수석은 없다. 마음으로 상상하고 그리는 것이 수석 감상의 맛이다.

〈생각하는 보석〉을 보면 상상이 만발한다. 짝을 그리워하는 양 같기도 하고, 생각에 잠긴 사자, 고개를 치켜들고 새끼를 찾는 물개 같기도 하다.

수석의 묘는 감각과 심미안에 의해 이루어진다.

만남은 인연이다. 수석 덕분으로 짧은 시간에 멀고 긴 여행을 안방에서 즐길 수 있었다.

내일은 몇몇 다른 수석들과 또 다른 자연세계로 빠져 봐야겠다.

슬로시티(Slow city)

느림은 게으름일까, 여유일까.

여유를 잃어버리고 '빨리빨리'에 길들여진 것이 오늘날 사람들의 모습이다. 할 일이 많아서일까. 여유의 깊이를 몰라서일까. 나는 여유와 느림을 예찬하면서 이들과 낯설다.

운전기사를 자청하고 편한 친구들과 느림을 만나고 싶어 담양 삼지천 마을로 향한다. 비는 내리고 창밖 풍경은 전과 달리 이것저것 눈에 밟힌다. 휴게소를 지날 때마다 차 걸음을 멈추고 여유를 마시며 목적지로 느리게 향한다.

슬로시티는 이탈리아에서 천천히 걷고 느리게 생각하고 음식을 즐기면서 먹는 풍조를 선언한 슬로푸드(Slow food)의 연장선으로, 1999년 이탈리아의 작은 도시인 그레베 시장이었던 파올로사투니니가 "느리게 살자."고 호소한데서 비롯되었다.

'느리지만 행복한 삶'을 추구하며 자연환경과 고유 음식, 전통문화를 소중히 여기면서 삶의 질을 개선하기 위한 국제적인 연결망이다.

우리나라는 2006년, '한국슬로시티추진위원회'를 조직하였고, 담양군 창천면 삼지천 마을은 아시아 최초로 슬로시티로 지정되었다. 이어서 증도, 청산도, 장흥 유치면, 하동 악양면, 예산 대흥면이 인정을 받았다.

슬로(Slow)는 단순히 빠름의 반대 개념만이 아니다. 자연, 환경, 시공을 존중하고 앞만 보고 살아온 세월을 여유롭게 음미해 보는 공간이기도 하다.

삼지천 마을에 들어서자 비는 그치고 느림을 상징하는 달팽이 형상을 새긴 표지판과 돌담길이 길손을 맞는다. 느리기 짝이 없는 달팽이를 보면 '느림'이 '빠름'을 이긴 거북과 토끼의 경주가 연상된다.

이 마을은 고씨의 집성촌으로, 1592년 임진왜란 때 의병장을 지냈던 고경명 장군의 후손들이 모여 살던 마을이다.

느림의 미학을 찾아보려고 느릿느릿 마을 안으로 발길을 디뎠다. 내천을 끼고 부드럽게 휘어진 돌담길 좌우에 사대부 품격의 기와 고택들이 세월의 무게를 안고 유유하다.

천천히 흐르는 실개천과 함께 S형, T형의 돌담길을 걷다 보면 시간은 멈추고 감각은 미로를 걷는다. 높지도 낮지도 않은 돌담길은 화강석 돌과 논흙을 섞은 토석담으로 옛 모습 그대로 보존되어 문화제로 지정되었고, 3.6km를 마을 길과 느릿느릿 동행한다.

멈추면 내 주변이 보이고, 남의 이야기가 들린다.
느림은 늦음이 아닌 여유이고 사유이다.

전남 민속자료 5호로 지정된 1910년대의 고재선 가옥이 나타난
다. 느낌표와 쉼표를 찍으며 대문 안으로 들어서자 넓은 마당과 고
풍스런 정원이 세월에 젖어 고금(古今)의 향수가 서린다.

토방 섬돌을 밟고 마루에 걸쳐 앉았다. 타임머신을 타고 과거로
돌아온 느낌이다. "어려울수록 남을 돌보고, 이름을 높이려 말고
행실을 높이라."던 그의 숨결이 아직도 머문 듯하다.

민속자료 42호인 고정주 고택에 이르렀다. 구한말 규장각 직각
벼슬을 했고, 1905년 을사보호조약이 맺어지자 이곳으로 낙향했
다. 그는 사재를 털어 상월정(上月亭) 누각을 세워 근대 교육의 효
시가 된 영학숙(英學塾)과 창흥의숙(昌興義塾)을 만들어 오늘의 창
평학교로 발전시켰다.

고재욱 고택에 들어섰다. 구부정한 노송이 울안을 지키고 있다.
수백 년 세월에 그을린 원색이 새롭게 돋아난 파란 송엽과 어울려
과거와 현재, 느림과 빠름을 슬로 슬로 이어놓는다.

그는 동아일보 편집국장을 지내다가 폐간된 후 낙향하여 농부가
되었다. 지금 이 고택은 달팽이 학당의 빈도림 생활공방으로 운영
되고 있다. 이는 귀화한 독일인인 빈도림 씨가 바느질 솜씨 좋은 한
국인 부인과 천연초 등을 만드는 공방이다. 골목마다 '달구지, 돌
담집, 한옥에서, 흙과 풍경' 같은 찻집들이 예스런 향을 풍긴다.

부자의 사회적 책임을 강조했던 고광표의 고택을 찬찬히 둘러보
고, 조선 시대 향토 유형문화유산으로 지정되어 안동의 선비들과
평창 선비들이 시가(詩歌)를 교류했다는 남극루에 올라 마을을 그
려본다.

20여 채의 돌담 안 고택들과 나지막한 산자락에 걸쳐 앉은 들녘이 아우러져 한 폭의 동양화를 연출한다.

아낙들은 텃밭에서 호박잎이나 고추를 따서 밥상을 차리고, 일하던 농부들은 이곳 남극루에 앉아 정담을 나누는 풍경이 그려진다.

배가 출출하다. 수소문하여 '김가네 흑돼지삼겹살' 집에 들어가 느긋하게 배를 채웠다. 식당 주인의 호의로 슬로시티 자원봉사 해설가인 강순임 님을 만나 해설을 듣는다.

삼지천 마을은 백제 시대에 형성된 마을로 동쪽의 월봉산과 남쪽의 국수봉이 마치 봉황이 날개를 펼쳐 감싸 안은 형태로 월봉천과 운암천, 유천의 세 갈래 내천이 마을 아래에서 모인다 하여 삼지천이라 한다.

이 마을을 포함한 창평면은 한때 천석꾼이 600여 호에 이를 정도로 부촌이었다고 한다.

슬로푸드로는 36가지 약초 장아찌와 다래 고추장으로 비며 먹는 약초 밥상을 비롯하여 조선 시대 양녕대군과 함께 이곳 창평에 온 궁녀들에 의해 전수되었다는 창평쌀엿과 한과, 창평국밥의 전통성을 들려준다.

감사를 전하고 삼지천장아찌 체험장, 쌀엿 체험장, 두레박공방을 둘러본다. 자연환경, 전통문화, 고유음식 속에 게으름이 아닌 느림의 참 모습이 담긴 듯하다.

오래된 것은 아름답다. 거기에는 옛 흔적과 고사(古事)가 가득 고여 오늘과 왕래하기 때문이다.

시멘트와 흙, 미끈한 양복 차림과 소박한 한복 차림, 피자와 된장이 연상된다.

　담양죽녹원의 거대한 대나무 숲, 조선 중기 양산보가 조성했다는 별서정원인 소쇄원, 수백 년 된 메타세콰이어 가로수 길을 싸목싸목 걸었다. 삼지천 마을이 슬로시티로 지정된 데는 이들의 숨은 자연 자원과 역사의 뿌리가 음으로 가세하지 않았나 상상된다.

　'빠르다'가 모두 부지런한 것은 아니고, '느리다'가 항상 게으른 것이 아니다. 느림은 진화론적 시간이 아닌 인간론적인 시간으로 접근할 때 슬로시티의 의미는 미학이다. 빠름보다, 느림이 아름다운 이유다.

　'후딱후딱'을 버리고 여유와 느림을 길들여 편안해져야겠다. 멈추면 내 주변이 보이고, 남의 이야기가 들린다. 느림은 늦음이 아닌 여유이고 사유이다.

느림은 늦음이 아닌 여유이고 사유이다.

상사화(相思花)

끝내 임을 만나지 못하는 애련의 꽃, 상사화. 그대의 애절한 사연을 듣고 싶어 선운사에 간다.

들녘이 넉넉하다. 벼는 노랗게 익어 가고 나뭇잎은 붉은색 물들이기에 한창이다. 사색은 깊어 가고 고추잠자리는 떼 지어 날아다닌다. 이들 모두가 가을을 그려 내는 소품이다.

수덕사 부근에서 산채비빔밥으로 점심을 요기하고 오후 2시경에 선운사 입구에 다다랐다.

산에도, 길에도, 냇가에도 온통 담홍색 상사화가 군락을 이루어 가슴을 발갛게 물들인다. 하얀 뭉게구름마저 농염(濃艶)한 상사화의 군무(群舞)에 취해 넋을 잃은 듯하다.

이곳저곳 옮겨 다니며 그들의 요염한 자태를 필름에 담는다.

아직 한 번도 당신을 직접 만나지 못했군요.

기다림이 얼마나 가슴 아픈 일인가 기다려 보지 못한 이들은 잘 모릅니다.

좋아하면서도 만나지 못하고 서로 어긋나는 안타까움을 어긋나 보지 않은 이들은 잘 모릅니다.

날마다 그리움으로 길어진 꽃술 내 분홍빛, 애틋한 사랑은 언제까지 홀로여야 할까요.

이해인의 시 한 구절이다.

억새도 단풍나무도 가을 향연 준비에 한창이다. 나는 빨갛게 물든 도솔천을 따라 선운사로 향한다. 닿는 곳마다 붉은 물감을 풀어 놓은 수채화다. 며칠 후면 붉게 수놓을 단풍이 시샘할까 혼란스럽다.

한적한 오솔길에 들어섰다. 군락을 피해 손바닥만한 가을볕이 비껴든 노송 옆에 숨어 외로움에 젖어 있는 한 송이 상사화와 마주한다.

뭉치마다 여섯 꽃잎을 말아 올리고,
붉고 긴 마흔두 개의 속눈썹이 병풍처럼 둘러앉아
한 송이 꽃을 완성한다.

상사병에 시달려 가슴에 멍이나 들지 않았는지. 오늘도 혹시나 임을 만날까 길섶에서 기다리는 모습이 애처롭다. 들꽃은 잎과 마주앉아 사랑을 속삭이는데, 얼굴 익힌 바람은 상사화의 가슴만 흔들어 놓고 어디론가 훌쩍 떠난다.

그리움으로 붉게 멍든 고독을 위로할 수는 없을까. 오랜 세월을 태우면서 고독과 사랑의 인종(忍從)을 터득했는지도 모른다. 그의 애련한 모습을 찬찬히 감상하며 속살을 더듬는다.

선혈처럼 붉은 피를 토해 놓고 여섯 가닥의 황금가락지 꽃 뭉치를 달고 있다. 뭉치마다 여섯 꽃잎을 말아 올리고, 붉고 긴 마흔두 개의 속눈썹이 병풍처럼 둘러앉아 한 송이 꽃을 완성한다.

참 아름답다. 사연을 듣고 싶다.

어느 날, 절을 찾은 아리따운 처녀에 반한 스님이 짝사랑으로 앓다가 피를 토하고 죽었는데 그 자리에 피어난 꽃이 상사화라 하기도 하고, 절을 찾은 한 여인이 출가한 스님을 홀로 애타게 그리다가 말 한마디 건네지 못하고 죽은 원혼이 깃들었다는 전설이 전해지기도 한다.

이 꽃은 잎과 꽃이 따로 태어나 서로 만나지 못한다 하여 상사화라 부른다.

상사화는 고창 선운사, 영광 불갑사 같은 절집 주변에서 군락으로 자생하는데 꽃 뿌리에 방부제로 쓰이는 독성분이 있어 절집을 단장하는 단청이나 탱화에 이겨 바르면 좀이 슬지 않는다고 한다.

상사화는 일반 꽃과 달리, 지난해 가을에 난 잎이 봄에 모두 시들

상사화의 군락

어 삭아 버렸다가 늦여름에 60cm 정도의 연두색 꽃대를 곧추세우고 빨간 꽃송이를 매단다.

나는 갈림길을 따라 오르내리면서 내내 상사화와 눈맞춤을 한다. 상사화는 진정 슬픈 꽃일까. 안개 낀 속마음을 어찌 알랴. 외모가 그지없이 황홀하여 교만스럽기까지 하다. 너무 아름다워 슬픈지도 모른다.

오늘도 상사화는 짙은 화장에 화려한 명품 드레스로 곱게 단장하고 정한(情恨)의 연가를 부르며 석양빛과 어우러져 더욱 빛나고 있다.

사랑은 죽음보다 강함을 오늘보다 내일을 더 믿어서일까.

기다림이 얼마나 가혹한가. 기약 없는 임을 그리며 립스틱 짙게 바르고 분 냄새를 바람에 흘린다.

죽어서라도 당신을 꼭 만나야 하니까.

섬 기행의 뒷맛

40년 공직 생활에서 풀려났다. 그동안 묶어 두었던 섬 여행을 시작해야겠다는 생각이 들었다. 섬은 내게 그리움과 기다림의 설렘으로 알 수 없는 향수를 자극했다.

익숙한 삶에서 탈출하여 시간이 멈춘 원초적 자연 속에 나를 풀어놓고 낯섬과 충돌하고 싶었다. 틈틈이 시간을 내어 잘 알려지지 않은 섬을 위주로 불쑥불쑥 60여 개 섬을 찾아다니며 섬 일기를 썼다.

왜 섬에 가느냐고 묻는다.
"섬이 좋아서."라고 답했다.
왜 홀로 다니느냐고 묻는다.
"내 감정에 충실하기 위해서."라고 답했다.
섬 기행에서 얻는 것이 무엇이냐고 묻는다.
"기행을 마치고 답하겠다."고 했다.

이제 답할 시점이다.

"참공부를 했다."고 답을 쓴다.

자연은 지존(至尊)의 위엄과 겸손을 지니고 만상(萬象)의 순리와 질서를 잡아 주며 인간과 공존한다. 나는 60여 개의 섬들을 만나면서 '배움에서 얻을 수 없는 공부를 했다.'는 생각이 든다.

많이 보고, 많이 느끼고, 많이 깨달았다.

우리나라 섬은 아름답다. 섬은 자연과 사람이 공생하는 생태계다. 여러 섬을 여행하면서 한국은 '관광 수입국'이 아니고 '관광 수출국'이라는 생각을 갖게 되었다. 우리나라 섬은 제각각 성정(性情)이 유별하여 독특한 맛이 있다.

천태만상의 해식애, 깎아지른 해벽과 등대, 변화무쌍한 모세의 기적, 풍부한 갯벌과 생태, 홍미로운 전설, 즐비한 해수욕장, 푸짐한 먹거리, 역사와 유물, 소박한 인심, 시간의 멈춤……

수려한 자연경관은 한 편의 동양화이고 시화(詩畫)다. 수박겉핥기식 해외여행만 선호할 것이 아니다. 우리나라 금수강산에 숨겨진 전통문화나 산간 오지 도서 지역의 정서와 비경부터 찾아봄이 어떨지.

겸손의 가르침을 본다. 섬이 있는 곳에는 바다가 있다. 섬의 모태는 바다다. 바다는 군함을 삼키고도 트림조차 않는 야성을 지녔지만, 세상에서 가장 낮은 곳을 찾아다닌다. 막으면 다투지 않고 돌아간다. 높은 곳에서 내려다보는 하늘을 부러워하지도 않는다. 눈비가 내리면 그냥 맞으며 순리를 알고 섬을 다독인다. 하지만 누구도 바다를 얕보지 않는다. 상선약수(上善若水)의 위엄과 겸양을 지 녔기 때문이다.

청산도 해안 절벽에서 굴러떨어질 때 나를 붙잡아 준 나무가 아니 었다면 나는 죽었을 것이다. 생은 이렇듯 작은 것들이 서로를 붙잡 아 주고 지켜 주는 것이란 생각을 했다.

물 한 모금 얻어먹기 어려운 암벽에서 내 생명을 지켜 준 그 작은 나무에게 물이라도 실컷 주고 싶었다. 1년 만에 그 나무를 찾아갔 다. 그 작은 나무는 내 생명을 건져 주고도 자랑이나 교만하지 않고 초연했다. 조그마한 도움을 주고도 생색을 내려는 나의 마음에 무 언의 겸손을 가르쳐 준다. 나는 그 나무 잎을 따서 수첩에 넣고 다 닌다. 교만이 일면 거내 보며 마음을 고친다.

비움의 가르침을 얻는다. 섬 기행 중 매일 파도를 만난다. 파도는 많은 것을 시사한다. 빈손으로 왔다가 빈손으로 간다. 그러면서 아 무 대가 없이 그 물렁한 몸으로 모래사장을 만들고, 수만 번 상처를 입으면서 모난 돌을 깎고 갈아 반들반들하게 조각한다.

나는 비운다 하면서 내 그릇의 용량보다 더 많은 것을 담으려 한 다. 의욕과 탐욕의 한계는 어디까지일까.

나는 한때, 전국 유명 수석 산지를 찾아다니며 수석을 모으고 좌 대까지 직접 깎았다. 지금도 수석 애호가다.

어느 섬의 몽돌 밭에 왔다. 수석이 될 만한 돌이 널브러져 있다. 탐과 비움의 갈등 속에서 생각이 깊어진다. 섬 여행 중 마음에 큰 변화가 생겼다. 자연은 있어야 할 본래의 자리에 있을 때 아름답다.

밥그릇에 있는 밥알이 얼굴에 붙어 있으면 보기가 어떨까. 소유하려는 욕망에서 벗어나 탐을 삭히고 자연의 현장에서 감상하는 즐거움으로 마음을 돌렸다. 섬 기행이 가르쳐 준 공부다. 이제 배낭에 담아 가지 말고 가슴에 담아 가야겠다.

비우니 편안함이 마음속으로 젖어 든다.

자연과 문명은 언제까지 충돌할 것인가. 자연과 문명은 천적일까. 삶의 편익과 함께 개발이라는 시류에 영합하여 섬과 섬, 뭍과 섬을 잇는 중장비의 굉음 소리에 섬이 신음하다가 하나둘 자꾸 사라진다. 피붙이가 죽어 가는 모습을 보는 섬의 어미인 바다의 심경은 어떨까.

갯벌은 태초의 자연이고 생태의 원천이다. 하천으로 흘러가는 육지의 오염 물질을 여과시키는 자연의 콩팥이며 생태계의 보고다.

상전벽해(桑田碧海)라 했던가. 오래전, 여러 섬 지역에서는 양식이 부족하여 갯벌을 메워 논밭을 만들었다. 지금에 와서는 그 논밭이 수익성이 낮고 일손이 모자라 놀리거나 해산물을 말리는 장소로 전락한 곳이 허다하다. 낙지, 게, 조개류를 잡던 예전의 갯벌을 아쉬워하고 있지 않은가. 갯벌은 우리에게 개발 문화보다 보존 문화의 유산이 요구되는 현주소다.

자연과 문명이 상생하는 묘안은 없을까.

감사로 섬 기행의 뒷맛을 장식한다.

여행은 일상의 틀을 탈출하는 신선한 해방이다. 삶이 인생의 수필

틈틈이 시간을 내어 잘 알려지지 않은 섬을 위주로
불쑥불쑥 60여 개 섬을 찾아다니며 섬 일기를 썼다.

이라면 여행은 인생의 시(詩)다. 나는 마음에 새로운 풍경과 추억을 쌓고 흩날리는 바람처럼 여러 섬을 찾아다니며 일기를 썼다.

섬은 그들만의 언어로 속삭인다. 한 번도 오라고 가라고 말하지 않는다. 나는 침묵하는 그들을 좋아한다. 그들과 심안의 대화는 색다른 깊이가 있다.

섬 기행 중에 밥을 굶기도 하고, 배편이 없어 고도에서 머물기도 하고, 크고 작은 사고도 만났다. 하지만 운 좋게 잘 극복했다.

좋은 사람도 많이 만났고, 따뜻한 인정도 마셨다. 왕초 사진 아마추어가 사진을 많이 찍다 보니 사진을 보는 눈도 높아졌다. 여유와 사유 그리고 고독의 미학도 공부했다.

섬, 오늘 밤에도 어느 섬에서는 등대의 불빛이 밤의 뱃길을 보살피고 있을 것이다.

"참공부를 했다. 감사하다."는 말로 섬 기행의 문을 닫는다.

배낭여행의 소고

여행은 설렘과 느낌표를 동반한 일상의 탈출이다.

2005년 11월. J친구와 나 두 사람은 태국, 캄보디아, 베트남, 라오스를 한 달 계획으로 배낭여행 길에 나섰다.

배낭여행은 그룹 테마여행과 달리 불편한 점도 있지만 틀에서 벗어나 시야를 넓힐 수 있고 여유를 만끽할 수 있어 좋다.

10시 55분, 김포공항을 이륙한다.

아래는 목화솜 같은 하얀 뭉게구름이 유영하고 위에는 하늘이 유난히 파랗다. 비행기는 방콕 돈무앙공항에 안착한다. 택시로 여행의 베이스캠프인 카오산 로드에 와서 예약한 호텔에 여장을 풀었다.

우리는 이틀 동안 태국의 주요 관광지 몇 군데를 보고 나머지 태국 관광은 맨 나중에 하기로 하고 캄보디아로 가기 위해 버스를 예약했다.

캄보디아

태국의 일부를 관광하고, '카오산 로드'에서 캄보디아로 가기 위해 예약한 버스를 탔다. 안전벨트도, 커튼도 없는 낡은 봉고차형 버스다. 좌석을 꽉 메운 30여 명의 다국 관광객들과 동승했다. 비포장이 대부분이다. 대부분 주민들은 쓸어져 가는 초가집, 물 위에 천막을 치고 어렵게 살아간다. 하지만 표정은 맑고 여유가 있어 보인다. 몇 시간 달려도 산은 보이지 않고 끝없는 평원에 잡초가 무성하고 소들이 구속 없이 걸어 다닌다.

낡은 버스는 궁둥이가 아플 정도로 덜커덕거린다. 중간 어느 마을 식당에서 저녁식사를 했다. 하얀 쌀밥에 소고기 그리고 맥주, 음료까지 곁들여 우리 돈으로 4,000원으로 저렴하다.

8시간에 걸려 국경을 넘어 캄보디아 어느 버스터미널에 도착하여 '씨엠리업'에 가는 미니버스로 환승했다.

씨엠리업은 앙코르 유적을 찾는 여행객들의 관문이고 관광의 베이스캠프다. 버스는 보조 의자까지 메운 채 절반이 비포장도로를 덜컥거리며 100km 이상으로 달린다. 끝없이 펼쳐지는 평원에 사람도 소들도 한가롭다. 곧 부러질 것 같은 나무다리를 통과할 때는 가슴이 철렁인다. 어둠이 깔리자 별은 반짝이고 호롱불이 적막한 시골풍경을 그려 낸다. 외국인과의 서툰 대화는 서로의 따뜻한 감정을 교류한다. 여섯 시간 만에 씨엠리업에 이르렀다.

앙코르 유적,

상식이 통하지 않을 만큼 신비스럽고
          거대하고 정교한 예술성에 혀를 찬다.

이곳은 시골 풍경에 비하면 별천지다. 앙코르 유적과 가까워 수도인 프놈펜보다 활발하고 번화하다. 앙코르의 두 얼굴, 낮에는 앙코르로 여행객들이 모두 떠나 한적하지만 밤이면 관광을 마치고 돌아와 불야성을 이룬다.

호텔(Star rise Angkor)에 여장을 풀고 밤거리에 나왔다. 많은 여행객들이 북적거리고 유흥업소들로 밤이 들썩거린다. 한국 노래방도 눈에 띈다. 현지인들이 여러 나라 관광객들을 붙들고 예쁜 아가씨가 있다며 흥정하는 모습도 보인다. 밤이 요동치는 여심(旅心) 속에 여기저기에서 먹고 마시고 주위가 격하게 소란스럽다. 다음 날 관광할 승합차 예약을 하고 잠을 청했다. 밤늦게까지 옆방에서, 길거리에서 떠드는 소음으로 잠이 쉬이 오지 않는다.

아침 일찍 어제 예약한 승합차로 이곳에서 12km 거리인 앙코르 유적지에 왔다. 동양 최대의 관광지이고 세계문화유산으로 지정된 앙코르와트는 유적 중 개별 사원으로는 최대의 규모로 크메르 건축 예술의 극치다.

상식이 통하지 않을 만큼 신비스럽고 거대하고 정교한 예술성에 혀를 찬다. 아무 장비도 없는 10세기 이전, 어떤 방법으로 저렇게 육중한 돌을 정교하게 깎고 조각하고 무늬를 새기고 들어 올려 이처럼 고층 건물을 축조할 수 있었을까. 이 어마어마한 건물을 짓기 위해 얼마나 많은 사람들이 강제로 동원되어 굶주리고 매 맞아 쓰러지고 죽었을까. 그들의 영혼이 스며 있는 듯하다.

입구에서는 갖가지 음료와 과일, 기념품을 판다. 한국 관광객이 많아서인지 장사하는 사람들이 곧잘 한국말을 한다.

크메르 제국은 600여 년 동안 동남아의 최강국이었고, 앙코르 왕조가 남긴 위대한 유산 1,000여 개의 사원들은 왕권의 절대적인 권위의 상징이다.

격세지감이다. 캄보디아는 인류의 위대한 문화유산을 만들었지만 지금은 최빈국으로 전락했다. 호기심을 안고 한 발 한 발 유적을 더듬는다. 규모, 조각품, 새겨 놓은 것들이 믿기지 않을 만큼 방대하고 섬세하여 무엇부터 어떻게 관람해야 할지 엄두가 나지 않는다.

1층 회랑은 60개의 기둥이 지붕을 받치고 벽에는 8개의 주제가 표현되어 있다. 회랑 중앙 사이에 남쪽과 북쪽의 가장자리에도 회랑이 있다. 2층 회랑의 외부는 1,500명이 넘는 천상의 무희인 압사라가 연이어 나타난다. 이들 조각은 비슷하면서 자세히 보면 얼굴, 머리 장식, 보석 장신구가 서로 다르다.

맨 위 3층에는 중앙과 각 모서리에 5개의 탑이 있다. 탑의 외관은 연꽃봉우리 모양이고 중앙 탑은 높이가 65m나 된다. 층 사이를 연결하는 계단이 가파르다. 각 층의 외부 회랑에 있는 석조 지붕과 내실, 계단으로 연결되는 통로는 앙코로와트의 또 다른 건축술이다. 이곳저곳을 정신없이 관람하다가 도서관 건물에 이르렀다.

그 시대에 무슨 책이 있을까. 안내원에게 설명해 달라고 하니 영어도 서툴면서 몇 마디하고 돈 5불을 요구한다. 순진하면서도 엉뚱한 데가 있다.

도서관 건물을 지나 중앙 통로를 따라 연못에 이르렀다. 물 위에 앙코르와트의 탑이 한 폭의 그림처럼 나타난다. 이 아름다운 그림

속에 불교의 절대적 신봉과 왕의 절대적 권위가 흐르는 것 같다.

'앙코르톰' 에 왔다. 이는 캄보디아어로 '커다란 도시' 라는 뜻으로 방대했던 앙코르제국의 마지막 수도였던 곳으로 성곽 중앙에 부처의 얼굴을 형상화한 사면상(四面像)이 즐비하다. 앙코르톰의 내부에는 바욘을 비롯하여 코끼리 테라스, 문둥이 왕 테라스, 바푸온 등이 있다.

바욘에는 미소 짓는 사면상과 회랑에 나타난 부조물이 흥미롭다. 3개의 탑에 높이가 22m인 '코끼리 테라스' 에 이르렀다. 길이가 300m에 달한다. 이 테라스 외벽에는 코끼리를 주제로 한 부조가 새겨져 있고 중앙과 양쪽 부분에 계단이 놓여 있다. 규모나 예술성에 감탄사만 연거푸 나온다.

'따께우' 사원을 둘러보고 '따프롬' 사원으로 발길을 옮겼다. 거대한 기둥보다 더 굵은 나무뿌리가 밖으로 나와 사원의 기둥과 지붕을 감싸 안고 하늘로 치솟고 있다. 인간과 자연이 펼치는 신비의 융합이다. 그 많은 앙코르 유적의 하나하나 모두가 상상을 초월한 신의 명품으로 보인다. "불가능은 없다."의 실체를 만나는 현장 같다.

해거름을 만나 씨엠리업에 돌아왔다. 유난히 밤잠이 서툴다.

아침 일찍 이곳 관광에 나섰다. 해골을 모아 놓은 '왓트마이' 사원을 보고 '프싸 짜' 시장에 이르렀다. 우리나라 재래시장 같다. 생필품, 기념품, 골동품이 주다.

동양에서 가장 크고 캄보디아의 젖줄이라는 '똔레쌉' 호수에 왔다. 우기와 건기에 따라 호수의 면적이 두 배로 불어난다 한다. 호수 주변에 거주하는 이들의 빈곤이 적나라하다.

 보트를 탔다. 잔잔한 물결이 황금빛으로 물든다. 붉은 물결이 시골스러워 정겹다. 이름 모를 수초에도 햇살이 가득하다. 편안이 이런 것인가 싶고 낯선 배낭여행의 진수를 맛보는 것 같다. 시원한 바람을 안고 내렸다. 강변을 거닌다. 별을 보고 호롱불이 수줍어한다. 오늘 밤은 좋은 꿈을 꿀 것 같다.

 아침 햇살이 찬란하다. 베트남에 가기 위해 씨엠리업공항으로 향했다. 규모는 작아도 깨끗하고 안전요원들이 군데군데 배치되어 있다. 하늘은 파랗고 제비들이 유난히 많아 하늘을 수놓고 편안한 마음을 안겨 준다.

 한 공안원에게 안내를 부탁했다. 캄보디아의 역사와 현실을 들려주고 공항 주변을 구경시켜 주면서 배가 고프다고 한다. 악의 없이 보인다. 한 달 봉급이 60불이란다. 6남매와 부모가 방 두 개에서 산다며 그래도 자기 나라에선 잘 사는 편이란다. 식당에서 밥을 사 주고 5불을 주니 몇 번이나 고맙다고 인사한다. 그는 근처에 어여쁜 아가씨가 있으니 소개시켜 줄까요 한다. 웃음으로 넘겼다.

 시간 여유가 있어 역 주변을 거닐다가 공항 면세점을 둘러보고 베트남 프놈펜으로 가는 비행기에 탑승했다.

 빈곤한 삶 중에도 여유와 순진한 인상, 그리고 세계의 문화유산인 앙코르 유적을 지닌 캄보디아의 자존심을 존중하고 싶다.

베트남

캄보디아 씨엠리업공항을 떠나 베트남의 호치민공항에 착륙했다. 베트남 하면 베트콩, 아웅산 사건, 월남전이 떠오른다. 택시 기사는 우리가 한국에서 왔다 하니 반기면서 월남전에 참전했느냐고 묻는다.

호텔에 왔다. 잠시 산책을 나와 이곳의 주식인 쌀국수로 저녁을 해결하고 여행자 거리의 카페에서 맥주를 마시고 소음 속에서도 안면했다.

풍경을 보며 대로변을 걷는다. 오토바이가 떼 지어 질주한다. 신호등도 무시하고 질서도 없어 보인다. 그들의 눈빛이 너무 강하여 두렵기조차 하다.

대낮 대로에서 카메라를 빼앗기는 어리석음을 당했다. 걷는 중에 어린 소년 네다섯 명이 사진첩을 내밀며 사 달라고 조른다. 그러자 또 어린 소녀들 두셋이 기념품을 사라고 조른다. 나는 이상한 느낌이 들어 큰 소리로 경찰을 부르며 가라고 했다. 그들이 사라져 안심했는데 어느새 카메라가 없어졌다.

20여 년 전, 이태리 여행 중에 동료가 그곳 어린이들한테서 지갑을 빼앗겼던 실상을 본 경험이 있어 남에게 여행 중에 그런 아이들을 조심하라고 해 놓고 내가 당했다. 경찰에 신고했다. 하지만 기대하지 않는다. 카메라는 다시 사면되지만 태국과 캄보디아에서 찍은 사진들은 어찌할꼬.

한동안 마음의 갈피를 못 잡았다. 글감 소재를 주려고 그런 일을 당했다고 스스로 안심하면서 더 큰 화를 입지 않은 것으로 위안했다.

봉고차로 호치민 시내 관광에 나섰다. 호치민시에는 900만 명이 사는데 400만의 오토바이가 거리를 누빈다고 한다. 이들 중 상당수 오토바이에는 두 사람이 합승하고 마스크로 얼굴을 가려 영화에서 갱단을 보는 느낌이다.

'까오다이' (높은 궁전) 사원에 왔다. 노랑 빨강 흰 유니폼을 입은 수도사들이 예식을 드린다. 이 사원은 불교, 유교, 이슬람교, 도교가 혼합된 독특한 사원이다. 나는 사원의 규칙대로 신발을 벗고 안으로 들어갔다. 내부는 천국으로 들어간다는 9개의 계단으로 되어 있고 특이한 예식을 올린다.

인근 시장과 몇 군데 사원을 구경하고 버스로 구찌터널에 왔다. 구찌터널의 영상을 보고 월남전쟁의 초점이었던 밀림에 왔다. 이 터널의 길이는 250km가 넘고 터널 내부에는 참호, 작전본부, 침실, 주방, 병원까지 갖춰 있는 다목적 전쟁의 캠프로 보인다.

통로는 너비 80cm, 높이 80cm로 체격이 큰 외국인들은 들어갈 수 없도록 설계된 벙커다. 지질은 진흙으로 쉽게 팔 수 있고 허물어지지도 않는다.

친구와 나는 이 좁은 벙커에 겨우 들어갔다. 끝없이 꾸불꾸불 이어지는 미로는 20여 년 전 걸었던 지하 묘지인 이태리의 카타콤을 떠오르게 한다. 굴 입구에는 쇠창살, 함정 그네 같은 사람 죽이는

햇살이 구름을 걷어 내고 하얀 파도는 황금빛으로 출렁인다.
섬마다 독특한 물형을 조각하여 예술로 승화시킨 것 같다.

별스런 장비를 갖추고 중간 중간에 지뢰를 배설하고 함정을 만들어 놓았다. 터널 지하식당에서는 음식과 차를 판다. 대화와 휴식 공간이기도 하다.

구찌터널은 프랑스 식민 지배에 반대하던 비엣민에 의해 1940년에 만들어졌다고 한다. 월남전에서 B29 폭격기로도 성과를 올리지 못하고 미군에게 패배를 안겨 준 요새이기도 하다. 이 밀림에는 갖가지 전쟁에서 사용된 무기, 무기 포획물, 장비나 자료들을 전시해 놓았다. 강자 앞에 맞설 수 있는 약자의 최후 수단이고 최고의 전술로 보여진다.

다음 날, 8시간 버스를 타고 베트남의 최대 휴양지인 나짱에 왔다. 골든호텔에서 샤워로 피로를 풀고, 밤하늘의 별들을 보며 잠자리에 든다.

아침 일찍 봉고차로 선착장에 왔다. 6km에 걸친 나짱 해변은 하얀 모래, 수정같이 맑은 물이 넘실거리고 크고 작은 많은 섬들이 아름답다.

선상 파티를 할 수 있는 선박에 20여 명이 승선했다. 어느 섬에 잠시 정박한다. 해변을 식혀 주는 야자수 아래 방갈로에서 파란 바다를 본다. 배는 물살을 가르다가 어느 해상에서 수영복과 물안경까지 대여해 주고 수영할 수 있는 곳에 점시 정박하여 수영을 하도록 권유한다. 바다는 연두색 물감을 풀어 놓고 물결은 이른 봄의 새순처럼 부드럽다.

해상에서 선상 파티를 연다. 조립식 식탁에 승객들이 둘러앉아 안내자의 구성진 말담을 귀에 담고 술을 마시며 각국의 민요를 부른다. 친구와 나는 아리랑을 불러 큰 박수를 받았다.

돌아가는 뱃길에 Tam이라는 섬에 정박했다. 갑자기 비가 많이 내린다. 비를 피하러 해변에 널브러진 방갈로에 들어갔다. 베트남 신혼부부를 만나 잃어버린 카메라 이야기를 하니 죄송하다고 사과하며 위로한다. 특이한 바다 고기가 가득한 수족관을 보고, 비에 젖는 바닷길을 보면서 2시간의 해상 투어를 마치고 숙소에 들어와 일기를 쓴다. 하루해가 짧아 보인다.

짐을 챙겨 예약한 택시로 캄남공항에 와서 하노이행 비행기에 탑승한다.

비가 그치니 햇살이 눈부시다. 글을 쓰라고 창가 자리를 잡아 주는 친구의 배려에 감사한다. 석양을 싣고 비행기는 하노이에 착륙한다.

택시로 Youth Hotel에 와서 관광버스를 예약하고 숙면을 취했다.

　도시는 어디서나 오토바이들이 무섭게 질주한다. 왕궁에 왔다.

　성벽 길이가 10km이고 10개의 문이 외각을 형성한다. 베트남 건국의 아버지이고 이 민족의 영웅인 호치민 묘소에 왔다. 절대적인 존경을 받는다.

　박물관, 깃발탑, 군인박물관을 둘러보고 복잡한 거리로 나왔다. 베트남 사람들의 눈에서 어떤 강한 면을 본다. 생동감인지 살벌함인지 전쟁에 시달린 여운이 남아 있는 것 같다.

　호수 가에 이르렀다. 벤치에는 연인들이 석양이 뿌린 노을을 감상하며 여수에 젖는다. 우리는 해산물로 즐거운 식사를 하고 석양이 멈춘 달빛에 젖다가 숙소로 들어가 하롱베이로 가는 버스를 예약했다.

　빵으로 간단히 아침 식사를 마치고 버스를 탔다. 캄보디아와 달리 넓은 논밭은 유휴지 없이 작농한다.

　하롱베이에 도착했다. 관광객이 인산인해다.

　천혜의 아름다움을 간직한 하롱베이, 파란 바다에 그림처럼 떠 있는 3천여 개의 섬들이 조화를 이루어 꾸며 낸 신비스런 관광 명소다. 영화 〈인도차이나〉의 배경이기도 하다. 독특한 석회암 카르스트 지형으로, 보는 위치에 따라 색다른 풍경을 연출하는 곳으로 1994년 유네스코 문화유산으로 지정되었다.

　12명의 낯선 이국인들과 관광선에 동승했다. 주위에는 수많은 관광선들도 볼거리다. 섬마다 가파르면서 유순하고, 강하면서 부드러운 선이 독특하다. 선내에서 섬들을 바라보며 새우 요리부터 다양한 식사는 별미다.

배는 계속 이 섬 저 섬 주위를 답사하듯 느릿하게 운행한다. 어느 해상에서는 부표를 띄워 놓거나 선상에 집을 짓고 시장처럼 고기를 기르고 팔기도 한다. 햇살이 구름을 걷어 내고 하얀 파도는 황금빛으로 출렁인다. 섬마다 독특한 물형을 조각하여 예술로 승화시킨 것 같다.

'항한' 이라는 길이가 2km나 되는 동굴 섬에 상륙했다. 동굴은 규모가 커서 2천 명이 들어갈 수 있다고 한다. 석순, 종유석, 석주가 잘 발달되었고 형형 각색의 형상이 이채롭다. 높은 천정엔 돌꽃 같은 자연현상이 놀랍다. 동굴의 이모저모를 보며 자연의 또 다른 신비를 만끽한다.

선상 관광을 마치고 호텔 부근의 해변에서 하선했다. 안내양은 농담을 한다. 이곳 호수 벤치에서는 젊은 남녀가 키스를 하는데 한쪽 눈은 감고 한쪽 눈은 뜬다고 한다. 한쪽 눈을 감는 것은 분위기를 살리는 것이고 한쪽 눈을 뜨는 것은 오토바이를 누가 훔쳐 가는 것을 감시하기 위해서란다.

저녁 식사는 돼지고기 요리로 포식했다. 밤하늘엔 별 하나가 유난히 밝다. 내일은 라오스로 여행을 떠날 것이다.

캄보디아 사람들이 유순하고 느리고 수비형이라면 베트남인들은 다소 거칠고 급하고 공격형의 인상을 준다. 베트남은 관광자원이 풍부하고 생동감이 있어 장래가 밝다는 생각을 품고 라오스행 비행기에 탑승했다.

빼앗긴 카메라 생각이 쉽게 지워지지 않는다.

라오스

프로펠러식 소형 비행기에 탑승했다. 구름 아래에서 펼쳐지는 자연의 조화가 흥미롭다. 비행기는 승객 19명을 태우고 하노이공항을 이륙하여 1시간 30분 만에 라오스의 수도인 비엔티안(위앙짠)공항에 착륙한다.

메콩강과 접한 비엔티안은 수도지만 소도시 같은 인상이다. 한가하고 볼거리가 몰려 있어 관광하기 편안하다. 한가한 것이 관광의 매력인지도 모른다. 여유를 갖고 이곳저곳을 둘러본다. 주민들은 가난하지만 순진하고 착한 인상을 풍긴다.

택시로 메콩강 주변에 위치한 게스트하우스에 여장을 풀었다. 유명한 관광명소가 없어서일까. 길거리가 한산하다. 뚝뚝 삼륜차로 관광에 나섰다. 승차 요금은 원하는 목적지까지 흥정하여 정한다.

'탓 루앙' 사원에 왔다. 이 사원을 건설한 '쎄타티 랏' 왕의 동상이 우뚝 서 있다. 이곳은 라오스에서 가장 신성시되는 불교 유적으로 불교 국가의 상징이기도 하다.

탓 루앙의 기단 부분은 크메르, 인도, 라오스의 혼합된 양식이다. 두 번째 층은 연꽃 벽으로 둘렀고 부처의 30가지 모습을 상징하는 30개의 스투파가 있고, 중앙 탑은 45m 높이로 연꽃봉우리 모양이다.

'왓 파깨우' 사원에 왔다.

사원의 본당 외부에는 동으로 만들어진 불상들이 전시되어 있다. 많은 불상 중에 비를 부른다는 불상이 인상적이다.

불상들을 전시한 박물관, 크메르 조각과 라오스의 역사에 관한 사진과 그림을 전시한 역사박물관을 보고, 독립기념탑으로 불리는 '빠뚜싸이(승리의 탑)' 에 왔다.

빠뚜싸이는 사각형 탑으로 천장과 벽은 힌두교 신들과 라마야마에 나오는 인물들을 조각했다. 이어 위앙짠에서 가장 유명하다는 재래시장을 구경하고 부다파크라고 불리는 씨앙쿠안에 왔다.

힌두교와 불교의 원리를 형상화해 놓은 조각품들이 즐비하다. 시멘트로 조각한 작품들의 모습이 기괴하고 우스꽝스럽다. 호박 모양의 조각품은 지옥, 지상, 천상을 나타낸 3개의 층이 있고 정상에서는 공원이 한눈에 잡힌다.

해질녘, 메콩 강변에 왔다. 마지막을 붉게 태우는 석양이 아름답다. 매콩강에서 석양을 맞는 것만으로도 라오스에 온 보람이다.

한강처럼 호화스런 편의 시설이나 기구도 없고 물도 맑지 않다. 그런데도 나의 정서에 맞는다. 꾸밈이 없어서일까. 이국이어서일까. 아니면 보이지 않는 그 무엇이…….

해가 설핏 기운 서쪽 하늘, 유난히 붉은 석양이 바다를 향하여 퍼포먼스를 벌인다.

해는 허리에 구름을 두르고
석양에 누워 숨바꼭질한다
황토색 강물마저 석양에 취하고

태양이 색칠한 수채화는

연기를 펼친다

하얀 구름은

태양을 세 갈래로 갈라놓고

서산을 훔쳐본다

두 개는 강물에서 출렁이고

한 개는

해질녘에 앉아 마지막 정열을 태운다.

나는 연극 같은 그들의 곡예에 매료되어 해가 잠길 때까지 뜨거운 눈 키스를 하며, 그들이 펼치는 마지막 황혼을 추억 통장에 쌓는다. 불덩어리가 사라지는 순간, 뒤풀이 여광이 오감을 붉게 물들인다.

숙소로 향했다. 잠이 쉬이 잡히지 않을 것 같다.

다음 날 버스로 왕위앙에 왔다. 이곳은 강을 낀 마을로 라오스를 여행하는 사람들이 즐겨 찾는 관광지다. 강 건너에는 석회암 카르스트 지형의 산봉우리가 겹겹 이어져 한 폭의 동양화를 연상케 한다. 튜브타기와 동굴 탐험이 이곳의 매력이고 저렴한 숙소와 식당이 여행자들의 마음을 사게 한다.

동굴로 이름난 탐짱에 왔다. 잘 발달된 여러 유형의 종유석이 기묘하다. 내부는 시멘트길이 놓여져 편히 관광할 수 있고 안으로 들어가면 왕위앙 일대가 보이는 전망대가 있다. 주위 입구엔 연못이 있어 수영도 한다.

왕위앙에서 대나무다리를 건너 6km쯤 떨어진 탐푸캄에 왔다. 동

굴로 가는 표지판을 보고 급경사를 따라 동굴로 향한다. 동굴 안에
는 불상이 있다. 불교 나라여서인지 가는 곳마다 불상을 만난다. 이
곳도 탐짱처럼 동굴 입구에 맑은 냇물이 흐른다. 어느새 하루가 지
난다.

다시 위앙짠(비엔티안)에 왔다. 오늘이 일요일이다. 한국인이 경
영하는 RD게스트하우스(꿈의 궁전)에서 아침 식사를 하면서 한인
교회에 가는 길을 물었다. 주인은 자기도 그 교회에 다닌다면서 뚝
뚝 삼륜차를 불러 준다.

한인교회에 왔다. 낯선 이국에서 예배를 드릴 수 있다니 가슴이
뜨거워진다. 목사님은 우리를 반가이 맞는다. 목사님은 필리핀, 베
트남에서 선교사로 사역하다가 1년 전에 이곳에 부임했다고 한다.

발붙이기 어려운 불교 국가에서 얼마나 고생이 많을까. 교인은
60여 명이란다. 진지한 예배를 드리고 성의껏 헌금했다.

날씨는 사납게 덥다. 영어 간판이 있는 식당에 들어갔다. 모처럼
쇠고기 스테이크로 늦은 점심을 배불리 먹었다. 호텔에 들어와 에
어컨을 켜고 더위를 식히며 휴식을 취한다. 친구는 더 쉬고 싶다고
한다. 나는 언제 또 볼지 모를 메콩강의 석양을 한 번이라도 더 보
고 싶어 강변으로 향했다.

관광객들이 강변 노점이나, 강가에 띄어 놓은 배 안 식당에서 음
료를 마시며 노래 부르고 시끌벅적하다. 일본에서 여행 왔다는 낯
선 이들과 자연스럽게 어울렸다. 음료수를 마시며 메콩강에 대한
이야기를 나누다가 즐거웠다는 인사를 남기고 나는 석양을 만나러
밖으로 나왔다.

어린 소녀가 주위를 거닐다가 나를 보며
미소를 짓고 인사한다. 소녀는 포도 같은
과일을 한 알을 주며 먹으라고 손짓한다.
순진하고 귀엽다. 그 옆에는 소녀의 아버
지로 보이는 보트 사공이 미소를 짓고 있
다. 나는 고맙다며 영어로 몇 살이냐고 물
으니 대신 사공이 여덟 살이라고 대답한
다. 같이 사진을 찍고 2불을 손에 쥐어 주
었다. 소녀는 고맙다는 인사로 몇 번이나
고개를 끄덕이며 생큐 생큐 한다. 소녀의
아버지는 보트를 타지 않겠느냐고 묻는다.
딸에게 친절을 베풀었다며 8불만 달라고
한다. 보트에 올랐다. 한 줄기 바람이 땀을
식힌다. 한국은 부자이고 좋은 나라라고
부러워한다.

사공은 배를 저으며 이곳 민요를 소리 내어 부른다. 나도 우리 민
족의 얼인 아리랑을 불렀다. 평온이 이런 것인가 싶다.

강변은 아무 시설도 없이 시골스럽다. 꾸밈없는 자연 그대로가 순
수하고 정감이 간다. 비늘 같은 물결은 햇살이 풀어 놓은 황금물결
로 출렁인다. 강 가운데 모래섬에서 사람들이 햇살을 즐기는 모습
이 평화롭고 여유롭다. 햇살은 따가워도 시원한 바람을 안고 석양
에 물든 물살이 금빛으로 아롱진다. 한강에서도 타 보지 못한 보트
를 메콩강에서 즐기다가 석양을 안고 내렸다.

어제와 달리 구름 한 점 없는 맑은 하늘에 태양은 종언의 의식을 준비한다. 나는 30여 분 동안 점멸하는 태양과 눈맞춤을 한다.

태양은 마지막 정열을 토하면서 뒤풀이 황홀경을 선물하고 서서히 물에 잠긴다. 여광에 붉게 물든 하늘과 강물이 곱다. 내일은 버스로 태국으로 떠날 것이다.

'소문난 잔치 먹을 것 없다.'는 속담이 있다. 라오스는 소문나지 않은 잔치에 먹을 것이 풍성했다. 메콩강의 석양 때문이다.

태국

방콕 돈무앙공항에 내렸다. 태국 사람들에서 느림과 여유를 보는 것 같다. 태국은 국민 거의가 불교를 신봉하고 다양한 민족이 공존하지만 민족 간의 갈등이 없다고 한다.

카오산 로드로 가기 위해 택시를 탔다. 이곳 택시는 형식은 미터제지만 흥정하여 요금을 정한다. 예약한 호텔에 여장을 풀고 거리로 나왔다. 각국의 여행객으로 북적거린다.

카오산 로드는 투어 신청이나 교통이 그물망처럼 짜여져 태국 전 지역과 인접국으로 왕래하는 여행의 베이스캠프다. 저렴한 숙소, 즐기고 먹고 마시고, 볼거리로 낮과 밤의 경계가 없다.

다음 날, 한국인 업소인 DDM에서 여행 정보를 얻는다. 뚝뚝(삼륜 택시)이 유난히 많다. 왕궁(Grand Palace)에 왔다.

넓고 웅장한 왕궁은 권위의 상징이고 황금 탑과 순금의 불상이 태국의 절대적인 왕실을 대변한다. 라마 1세 때 만들어진 에메랄드 왕실 사원의 불상은 아직도 신성시되고 1년에 세 번 황금 옷을 갈아입힌다고 한다. 왕궁의 이모저모를 둘러보고 국립박물관에 왔다.

방콕에서 가장 크고 오래된 사원은 왓포다. 길이 46m, 높이 15m의 와불상은 열반의 모습을 조화롭게 형상화했다.

라마 1세 때 지어진 고고학 전시장, 예술과 인종학관, 태국전시관을 둘러보고 '왓아룬' 사원에 이르렀다.

'새벽의 사원'으로 불리는 이 사원은 태국 동전에 새겨져 있다. 전형적인 크메르 양식으로 축조된 104m 높이의 탑이 우뚝 서 있고 옆에 4개의 탑이 있다. 장엄하고 섬세한 건축물에 감탄사가 절로 난다.

하루가 닫히고 또 하루가 열린다.

태국의 명문대학인 '탐마쌋대학'으로 발길을 옮긴다. 이곳은 80년대 후반, 쿠데타에 대항하여 민주화 항쟁을 이끌었던 곳이다. 희생자를 위로하기 위한 민주기념탑이 지난날을 회상하는 것 같다. 사원 문화로 가득한 느낌이다.

방콕은 도시 한가운데 강이 흐른다. 시내의 볼거리도 수로를 따라 관광할 수 있어 편리하다.

인근의 짜오프라야 강변에 이르러 카누엔진보트를 탔다. 물은 흐리지만 색다른 볼거리를 만난다. 허벅지만한 물고기들이 빵조각을 얻어먹으려고 주둥아리를 내민다. 강변은 곧 쓰러질 것 같은 초가들이 즐비한데 간혹 호화 별장이나 사원이 대조를 이룬다. 장사들이 보트를 타고 재래시장처럼 갖가지 생필품, 먹거리, 기념품들을 팔고 소년소녀들이 보트로 접근하여 동정을 구하기도 하고 값싼 기념품을 사 달라고 조른다.

다음 날 우리는 여행 일정을 바꿔 이곳 태국 여행을 뒤로 미루고, 캄보디아, 베트남, 라오스 3개국을 먼저 여행하기로 하고 캄보디아로 갔다. 세 나라 여행을 마치고 라오스에서 버스 편으로 태국 '농카이'에 도착하여 태국 여행을 계속한다.

메콩강을 가로지르는 우정의 다리가 태국과 라오스를 이어 준다.

메콩강의 석양이 눈에 밟힌다.

메콩 강변 게스트하우스에 여장을 풀고 인도차이나 시장을 둘러
보고 식당에 왔다. 필리핀에서 왔다는 한 관광객과 이야기 중에 자
기 나라에 오면 연락하라고 주소와 전화번호를 준다. 그는 2년 전
한국에 관광 왔었는데 한국은 친절하고 특히 화장실이 깨끗하고 편
리해서 퍽이나 인상적이었다고 말한다.

피부 마사지업소에 들어갔다. 피로가 풀리고 기분이 맑아진다.

뚝뚝이로 '쌀라깨우 쿠' 공원에 왔다. 불교의 신들을 형상화한 시멘트 조각들이 전시되어 있다. 뚝뚝이 기사는 '왓 포차이' 사원으로 안내한다. 십자형 불당 안에 황금불상이 좌정했다. 라마 1세가 라오스에서 이 불상을 선편으로 운반 중에 배가 전복되어 잃었는데 10년 후 수면에 올라 그 불상을 보관하기 위해 이 사원을 건축했다 한다.

방콕에 가기 위해 농카이역에 왔다. 화장실은 유료인데도 불결하다. 열차는 낡고 많이 흔들린다. 넓은 평야에 수목이 싱그럽고 하얀 소 떼들이 한가롭게 풀을 뜯는다. 이곳은 사람이나 짐승이나 느리고 여유로워 보인다. 멈추는 역마다 장사꾼들이 올라온다. 우리나라 60년대의 모습이다.

이국의 낯선 풍경을 감상하며 이것저것 보고 먹는 즐거움으로 지루함 없이 장장 11시간 만에 방콕에 도착했다. 배낭여행은 숙소나 교통 관광지를 손수 예약하고 챙겨야 하기에 떨치기도 하고 의외의 일도 벌어진다.

역 주변에 Station Hotel이라고 크게 걸린 간판을 보고 들어가 체크인하고 밖에 나가 식사를 하고 들어왔다. 세상에 이럴 수가! 외관보다 방 값이 저렴하다 했더니 최악의 숙소를 만났다. 방콕 역 주위가 얼마나 시끄러운 곳인가. 밤낮 없이 열차, 자동차, 유흥업소, 취객들, 잡상인…….

소음은 상상을 초월한다. 내가 든 방은 6층으로 역 쪽으로 벽 윗부분이 대여섯 개 구멍이 뚫려 있고 얇은 커튼으로 가려 놓아 소음이 밖이나 다름없다. 아마 수리 중인 것 같다. 안내 데스크에 가서 방을 바꿔 달라고 하니 빈방이 없고 물려줄 수도 없단다. 그래도 잠을 청해 보려고 휴지를 뭉쳐 귀를 막았지만 속수무책이다. 별난 잠자리로 날밤을 맞았다. 이것도 배낭여행의 추억 한 토막으로 언젠가 풀어 보면 별맛을 낼 것이다.

다음 날은 좀 편해 보려고 일본인이 경영하는 'Pacific Hotel'에 부킹했다. 어제의 호텔과는 극과 극이다. 배낭여행객에는 고무신에 넥타이 맨 격이다. 숙박료도 일반 숙소의 10배가 넘는다. 우리는 사우나, 수영, 오락실 같은 갖가지 시설을 이용하면서 본전을 빼자며 한바탕 웃었다.

차이나타운을 구경하고 택시를 탔다. 기사가 꼭 구경해야 할 곳을 안내하겠다며 어느 큰 대문 앞에 내려준다. 건장한 남자 안내원 3명이 친절히 대문을 열어 주며 안으로 들어가라 하고 대문을 닫는다. 젊은 아가씨 20여 명이 거의 벗은 몸으로 미소를 던지며 자기를 선택해 달라고 애원하는 눈짓을 한다. 마치 인육시장 같은데 우리는 감금당한 느낌이다. 이런저런 변명을 대고 그곳을 빠져나왔다. 밤거리는 붉게 물들고 온갖 유흥으로 요동친다.

호텔에 왔다. 와인 한 잔에 조용하고 안락한 잠자리가 숙면을 안긴다.

다음 날, 호텔 24층에 마련된 한증막에서 피로를 풀고 수영을 즐기다가 야자수 아래 안락의자에 앉아 햇살을 보듬는다. 편안함이 이런 것인가 보다.

카오산 로드에 왔다. 내일 '파타야'로 갈 버스와 호텔을 예약했다. 저녁은 한국 식당(홍익인간)에서 모처럼 쌀밥에 삼겹살, 김치로 즐겼다. 여행객들의 밤샘 떠드는 소리도 익숙해져 밤잠도 낯설지 않다.

버스로 '파타야'에 왔다. 파타야는 베트남 전쟁 중 미군의 휴양지였고 태국 동부 해안의 최고 휴양지다. 해변의 야자수가 이국의 정서를 덥힌다. 주변에는 게스트하우스와 유흥가가 즐비하다. 우리는 낮에는 해변의 야자수 아래서 휴식과 이곳 정서를 맛보고 저녁에는 다양한 밤거리 문화를 보면서 이국의 정취에 젖었다. 그리고 난생처음으로 코끼리를 타는 추억을 이곳에서 만들었다. 이곳은 시내버스는 없고 대신 '썽태우' (트럭을 개조)가 교통수단이다.

'산호섬'이라 불리는 꼬란에 왔다. 하얀 모래가 부드럽고 물이 깨끗하다. 모래사장을 거닐다가 파타야 남쪽 선착장에서 보트를 탔다. 남국의 파란 하늘과 바다의 어울림 속에서 시원한 바람을 안고 여행의 단맛을 만끽한다. 하루 더 머물러도 좋고 하루 더 빨리 떠나도 부담 없다. 고삐 풀린 자유가 배낭여행의 매력이다.

'미니씨암'에 왔다. 세계 건축물의 축소판으로 '소인국'이라 부르기도 한다. 여러 나라의 주요 건축물과 에펠탑까지 다양한 만들어 놓았다. 파타야의 밤은 유흥의 물결 같다. 고급 레스토랑, 나이트클럽, 노천 바가 밤을 흔든다.

태국인들은 느리고 낙천주의 인상을 풍긴다.

집을 떠난 지 어언 한 달이 되어 간다. 그간 4개국의 배낭여행을 큰 어려움 없이 즐겁게, 의미 있게 보내면서 낯선 체험과 많은 것을 보고 배웠다. 처음부터 끝까지 배려해 주고 참 우정을 배려해 준 친구에게 감사한다.

5부_아포리즘

소중한 님들과 함께 소망과 행운이 동반케 하시고
건강과 관계가 영광으로 이어지는 은혜를 허락하소서.

인생길에서

그럼에도 불구하고

> 그럼에도 불구하고 감사합니다.
> 그럼에도 불구하고 용서합니다.
> 그럼에도 불구하고 신뢰합니다.
> 그럼에도 불구하고 사랑합니다.
> 그럼에도 불구하고 노력합니다.

때문입니다

> 내가 고독한 것은 교만하기 때문입니다.
> 내가 주눅 드는 것은 비교하기 때문입니다.
> 내가 경솔한 것은 깊이가 없기 때문입니다.
> 내가 가난한 것은 욕심이 많기 때문입니다.
> 내가 마음 아픈 것은 미워하기 때문입니다.

해야겠습니다

> 넘어져도 하겠습니다.
> 부족해도 해야겠습니다.
> 어려워도 해야겠습니다.
> 무시당해도 해야겠습니다.
> 나이 많아도 해야겠습니다.

수필의 참모습

수필은 가슴부터 발까지의 여행입니다.

가슴은 감성을 끌어내는 사유이고

발은 현장이고 실천입니다.

발이 몸살 할 때, 가슴은

"미완의 현장이 수필의 참모습이다."고 위로합니다.

가슴이 몸살 할 때, 발은

"시작이 반이다."고 화답합니다.

가슴은 영혼이고 발은 육체입니다.

가슴과 발이 동행할 때, 수필은 진선진미입니다.

좋다

좋은 글보다 좋은 사람이 좋다.

예쁜 얼굴보다 예쁜 마음이 좋다.

똑똑한 사람보다 편한 사람이 좋다.

변명보다 용서가 좋다.

복잡한 것보다 단순한 것이 좋다.

세련된 교만보다 촌스런 겸손이 좋다.

수다쟁이보다 들어주는 얼간이가 좋다.

눌러쓴 편지

사람의 속마음은 안개가 자욱합니다.
어느날 그대의 눌러쓴 편지를 읽었습니다.
눈으로 볼 수 없었던 참마음을 읽었습니다.
편지는 가슴의 전령이고 체온입니다.
편지만큼 나를 설레게 한 이도, 외롭게
한 이도 없습니다.
편지만큼 생각을 머물게 한 이도, 내면의
등불을 밝힌 이도 없습니다.
온갖 명품으로 치장한 입담보다 냄새
눌러쓴 편지가 더 따뜻합니다.
낙엽이 흩날리는 가을에는 꾹꾹 눌러
편지를 쓸 것입니다.

4월의 꽃처럼

4월은 잔인한 달이 아닙니다.

4월은 거짓말 하는 달이 아닙니다.

4월은 희망이 가득한 봄일 뿐입니다.

당신도 나도 방황하는 꿈이 4월의 꽃처럼

활짝 피었으면 좋겠습니다.

시작과 끝

시작과 끝은 같은 말입니다.

한 해의 마지막 날 24시 00분 00초는

새해 첫 날의 00시 00분 00초와 같습니다.

땅의 끝은 땅의 시작이기도 합니다.

시작은 끝을 출산하고 끝은 시작을 잉태합니다.

시작과 끝은 극과 극이고 그렇게도 멀고 그렇게도 가깝습니다.

‘행운의운행’ (오른쪽, 왼쪽에서 읽어도 같음)은 시작과 끝을 무임승차하는 전도사입니다.

시작이 방황할 때, 끝은 ‘시작이 반’ 이라고 달래 줍니다.

끝이 작심삼일 병을 앓을 때, 시작은 ‘열매는 달다’ 고 힘을 보탭니다. 시작과 끝이 함께할 때 닫힌 문은 활짝 열립니다.

시작과 끝이 함께할 때
닫힌 문은 활짝 열립니다.

휘슬이 울립니다

전반전 휘슬이 울립니다.
어떤 이는 이기고
어떤 이는 지고
어떤 이는 비졌습니다.

후반전 휘슬이 울립니다.
어떤 이는 지켜야 하고
어떤 이는 찾아야 하고
어떤 이는 보태야 합니다.

종료 휘슬이 울립니다.
어떤 이는 감사문을 쓰고
어떤 이는 반성문을 쓰고
어떤 이는 변명문을 씁니다.

별난 수험

1. 다음 글을 읽고 시쳇말로 회자되는 사자성어를 쓰시오.

　① 밖에서는 인정받고, 집안에서 푸대접 받는 사람?

　　　有名無實

　② 밖에서는 쪼다로 낙인찍히고, 집안에서 인기 짱인 사람?

　　　千萬多幸

　③ 밖에서도, 집안에서도 홀대받는 사람?

　　　雪上加霜

　④ 밖에서도, 집안에서도 환대받는 사람?

　　　錦上添花

※출제자의 평: 100점입니다.

2. 앞 문장을 읽고 귀하는 어떤 型인지 사자성어로 쓰시오.

　　　曖昧模糊

※출제자의 평: 맞았습니다. 나도 '曖昧模糊' 하니까요.

만취

만취가 술에 젖은 한량이라고요?
아닙니다.
씽씽한 에버그린입니다.
만취가 방종한 보헤미안이라고요?
아닙니다.
사시사철 푸른 숲입니다.
만취가 기생오라비라고요?
아닙니다.
건장한 청년입니다.
내 이름은
漫醉가 아니고 晩翠입니다.

나는 건강한 청년입니다.

그럴 수도 있어

백조가 흙탕물에서 유영한다네.
　그럴 수도 있어. 曲學阿世

도가니 사건은 믿는 도끼에 발등 찍히는 격이군.
　그럴 수도 있어. 人面獸心

권력을 쥐면 거짓을 참으로 꾸밀 수 있다네.
　그럴 수도 있어. 指鹿爲馬

토끼가 호랑이에게 싸움을 걸다니.
　그럴 수도 있어. 匹夫之勇

불난 데 부채질하는 사람도 있구먼.
　그럴 수도 있어. 幸災樂禍

머슴을 실컷 부려먹고 병들자 쫓아냈다고.
　그럴 수도 있어. 兎死狗烹

칼자루 한 번 만져 보지 못한 사람이 검객 앞에서 칼을 휘둘러.
　그럴 수도 있어. 狐假虎威

복권 당첨되더니 거지가 되었데요.

　그럴 수도 있어. 虛浪放蕩

조폭이 어느 날 성직자가 되었구려.

　그럴 수도 있어. 改過遷善

남몰래 자선냄비에 뭉치 돈을 넣는 사람 있다네.

　그럴 수도 있어. 眞光不輝

사람들은 나를 남근석이라고도 하고 용두석(용머리돌)이라고도 하지.
그럴 수도 있어.

기도

말에는 향기가 나게 하여 주시고
표정에는 미소가 떠나지 않게 하소서.
힘든 속에서도 감사가 충만케 하시고
미움 속에서도 사랑이 솟아나게 하소서.
생각에는 긍정이 머물게 하시고
행동에는 겸손과 배려가 머물게 하소서.
외로운 이에게 친구가 되게 하여 주시고
도움이 필요한 이에게 외면하지 않게 하소서.
소중한 님들과 함께 소망과 행운이 동반케 하시고
건강과 관계가 영광으로 이어지는 은혜를 허락하소서.

생각에는 긍정이 머물게 하시고
행동에는 겸손과 배려가 머물게 하소서.

삶의 실체를 철학적으로 통섭한 수필 세계
―사단칠정(四端七情), 그 인간의 본성을 문학적으로 재단

윤재천(전 중앙대 교수, 한국수필학회 회장)

문학의 힘은 무엇보다 자아의 발견을 기점으로 시작된다.

작가는 자신만의 글의 습성을 발휘해 사물과 마주하는 개성적 관점을 중요한 요소로 삼으며 형상화하는 것이 보통이다. 일종의 자기스러움의 장터라고 할 수 있다.

문학은 말의 어떤 속성으로서 감정의 유발성이나 함축성, 창조성을 적극적으로 개발한 형태라고 할 수 있다. 특정한 지식이나 정보를 주기 위한 것이라기보다는 공예품처럼 잘 다듬어 인생을 소재로 삼아 디자인하는 것이 특징이다.

그중에 수필은 민주주의다. 요즘은 자유와 금기가 없는 장르로서 전통과 새로움을 상호 보완하면서 공존하고 있다. 그러나 이전의 것을 전부 부정하는 것은 아니다.

수필은 자기만의 철학과 기법을 통해, 알→애벌레→번데기→나방이 되는 과정에서의 '양심 찾기'라고 할 수 있다. 그러면서도 시가 아닌 것 같으나 시가 되고 수필이 아닌 것 같으나 수필이 되듯, 작품은 순간순간 진정성 있게 표출되는 작가의 표정과 정신이 우선이다. 근원적 문제에 관심을 가진 장르로서 인간다움을 발견한다고 할 수 있어, 내면에서 솟아나는 심상(心象)에 대한 기록이다.

수필은 모든 장르를 접목하는 전천후 예술이다.

현시대는 어느 분야든지 다양한 목소리로 조화가 이루어져야 건강한 사회가 되듯, 수필도 새로운 각도에서 다양한 기법과 생각들이 나올 때 남다른 문학성을 창출할 수 있다.

직설적 표현보다 수사(修辭)를 사용하여 우회적 기법을 쓰며 고정관념의 벽을 넘어서야 한다. 한 편의 작품을 쓰더라도 하루가 다르게 변화되는 현실에 대처하기 위해 자기만의 개성과 감성, 지성을 도모하는 마음가짐이라야 한다.

고루하지 않은 글은 독자들의 관심을 받게 된다. 농익은 연륜과 경험, 철학과 지혜로 향취와 위트가 넘치는 글을 쓸 때 관조의 여유가 보이게 되고, 작가에게 중요한—그만의 문학 세계가 드러나게 된다.

같은 재료로 만든 음식도 만든 사람의 손맛에 따라 맛이 다른 것처럼, 선천적 문학성과 오랜 수련으로 얻어진 문학성은 작가의 브랜드가 되며 작가 정신의 생명이 되어 준다.

김익회의 수필 세계도 강렬한 삶과의 만남이 적지 않아 작품에 따라서는 사물에 대한 관점이 새로운 작품으로 드러나고 있다. 추상주의 화가 웰렘 드 쿠닝(Willem de Kooning)은 "예술은 결코 나를 평온하게도 순수하게도 만들어 주지 않는다."고 오열했지만, 김익회의 수필 세계는 비교적 순수해 그와는 다르다고 할 수 있다.

그 세계를 따라가 보기로 한다.

33년 동안, 공무원으로 일하다가 정년을 하였고, 이어서 6년간 산하기관에서 근무하다가 금년 6월 30일자로 제도권을 마감하게 됩니다. 염치없이 오래 머물렀다는 생각과 함께 머물던 자리에 어떤 흔적이 새겨져 있을까 조심스럽게 뒤돌아봅니다.

_「제도권과의 석별」 중에서

「제도권과의 석별」은 작가의 인생 경로가 잘 드러나는 작품이다.

몇 년 전에 쓴 글이지만 작가는 제도권과의 석별을 앞두고 여러 가지 상념에 잠겼음을 알 수 있다.

근무하는 동안 위선의 삶은 없었나, 능력은 충분했나, 동료들과의 관계는 원만했나, 모든 은덕을 선후배와 동료, 지인들에게 돌리고 있는 작품이다.

취직하기도 쉽지 않지만, 더욱 어려운 것은 그 과정을 문제없이 지내며 마무리할 수 있는 것도 쉽지 않은 일이다.

이런 면에서 작가의 석별 인사는 그 의미가 크다. 한 개인에게 있어 제도권과의 석별은 구성원으로 근무하다 정해진 연령에 도달하면 퇴직하게 되는 연령 정년, 일정한 조직 근무 기간이 끝나면 퇴직하는 근속 정년, 그리고 일정 기간 동일 계급에 머물 경우 퇴직시키는 계급 정년 제도가 있다.

이처럼 여러 경우의 퇴직에서 누구나 제도권에 있던 입장이라면 그곳과의 석별이 있게 마련이지만, 작가는 공무원으로 33년 동안 근무하다 정년을 했고, 그 후 산하기관에서 6년을 근무했다니 40여 년간 제도권 내에서 근무한 사람이다.

그럼에도 작가는 겸손도 꿈도 잃지 않아 '또 하나의 시작'을 그릴 것이라며 심신을 재수(再修)하고 있다. 명함이 없어도 움츠러들지 않아―노송(老松)을 닮겠다고 다짐한다.

남은 삶도 인생 수련 과정이라 생각하며 '수필 쓰기'로 주어진 시간과 공간을 채워 가고 있어, 자기 삶에 대한 철학이 분명한 사람이다.

조연으로 살더라도 타인을 위해 응원가를 부르겠다고 선언하는 것을 볼 때, 이 글은 삶의 지향성과 그 인격이 바람직하게 드러나고 있어 꿈을 심어 주는 작품이 되고 있다.

11월은 여유(餘裕)의 미학(美學)이다.

유유히 흐르는 강물처럼, 파란 하늘에 떠도는 하얀 뭉게구름처럼, 11월은 넉넉하고 여백이 있다. 어쩌면 만만디(慢慢的)의 미학인지도 모른다.

11월은 벌레 소리마저도 숨을 죽이고 고즈넉한 오솔길에서 안으로 숨 쉬고 침묵으로 대화하는 여유이기도 하다.

11월은 봄처럼 새싹을 틔우거나 대지를 꽃으로 장식하지도 않는다. 여름 나무처럼 두꺼운 옷을 껴입고 땀을 흘리지도 않는다.

_「11월을 예찬한다」 중에서

사람들은 대부분 11월을 삭막한 계절이라고 생각한다. 적막한 계절을 눈앞에 둔 시점에서는 누구나 공감하는 부분이다. 그러나 작가는 11월과 12월을 그 자체로 보지 않고, 보여지는 것 너머의 봄을 기대하며 언제나 삶은 "이제부터 시작이다."라고 외치는 사람이다.

작가는 그 진리를 누구보다 잘 알고 있어 '마지막 하나 남은 잎새는 11월의 카타르시스'라고 하며 삶의 진중함과 진솔함을 유감없이 쏟아 낸다.

오 헨리의 『마지막 잎새』를 제시하며 11월의 그림을 그린 나이 든 화가 버만의 입장과, 그 그림을 보고 삶의 희망을 찾은 존시를 생각하며 삶에는 영원한 패자도 승자도 없음을 증명한다.

11월과 12월이 봄의 전야제, 봄을 잉태하기 위한 수고로운 계절임을 선언하며 오 헨리의 작품에서 '마지막 잎새'를 그려놓고 폐렴으로 죽어 간 버만과 대비시키며 그가 그린 마지막 잎새로 해서 생명을 다시 얻은 존시가 있었으니, 작가 김익회는 삶과 죽음은 둘이 아니라 하나라며 주변 사람과 넓은 세상에 여러 가지로 강한 에너지를 주고 있다.

그 이치를 모르지 않는 작가이기에 그 자체를 성숙시켜 11월을 여유의 미학, 만만디의 미학, 비움의 미학이라고 선언하기에 이른다.

그러나 삶의 철인(哲人)이 되기까지는 봄 여름 가을—피붙이를 하나씩 떼어 내는 과정들이 있었으며, 그것을 숙명적으로 받아들이는 마음의 준비가 되어 있음을 알 수 있다.

작가가 인정하는 것처럼 버만과 존시, 그리고 그것을 그려 내는 오 헨리가 있는 이상, 삶은 언제나 '이제부터 시작'이므로 김익회에게 있어 삶은 언제나 청춘이다.

　　그러면서도 「11월을 예찬한다」는 인간의 사계절이 처절하게 숨어 있어 적막하면서도 많은 것을 생각하게 하는 작품이다.

　　오늘까지 살아온 생애를 전반전이라 한다면, 내일부터 시작되는 인생의 여정이 후반전이다. 후반전은 여생이 아닌 제2의 인생의 시작이다.

　　인생은 어느 곳에서 출발했느냐보다 어느 곳에서 어떻게 마쳤느냐가 더 의미가 있지 않을까. 유명한 극작가이고 비평가인 버나드 쇼의 묘비에는 "우물쭈물하다가 내 이럴 줄 알았지."라고 쓰여 있다.

　　_「100세 시대를 대비한 하프타임」 중에서

　　사람의 한 생애를 돌아보았을 때 그에 따른 시간은 귀하지 않을 수 없다. 이 글은 작가가 삶을 효율적으로 구상하기 위해 체계적으로 시간을 제단하는 작품이다.

　　생애 자체를 골기퍼(건강), 수비수(관계), 공격수(역할)로 자리매김하는 축구 경기에 대입시키며 지금까지 살아온 삶을 경기의 전반전, 앞으로 살아가야 할 시간을 경기의 후반전으로 간주하는 모습이 신선하게 다가온다.

　　승리적인 게임을 하기 위해 전반전과 후반전 사이에 잠시 주어지는 15분간의 휴식 시간—작가는 한해를 마무리하고 새해를 맞이하는 길목에서 후반전 삶을 충전시켜 줄 하프타임(half-time)의 중요성을 철학적으로 풀어 간다.

　　"우물쭈물하다가 내 이럴 줄 알았지."라는 비평가 버나드 쇼의 묘비에 새겨진 화두에 자극을 받아, 남은 삶을 효율적으로 정비하기 위해 전력을 다하는 모습이 예사롭지 않다.

누구나 삶이 중요하지 않은 사람은 없다. 인생의 승패는 타의로부터 결정되기도 하지만, 모든 것은 내와 내가 투쟁을 벌이는 내 안의 게임으로 나와의 싸움이다. 그러나 누구든지 그 중요함을 모르지 않아 본인이 걸어갈 길에 대해 몸부림치지만 구상한 대로 풀리지 않는 경우가 인생의 비극이다.

이것으로 볼 때 삶은 만만치 않아 세상이 혼탁해진 이유도, 쓸쓸한 뒷모습을 타인에게 보여 가며 걸어가는 이유도 있게 마련이다.

작가는 그 어려움을 극복해 가고 있다. 어떤 상황 속에서도 세상을 바라보는 사고(思考)의 세계가 부정적이지 않아 주어진 삶을 차곡차곡 받아들이는 사람이다.

언제나 '이제부터 시작이다.' 라는 마음으로 자신을 추스르며 삶을 위해 고심하고 있음을 보여 준다. 하프타임을 통하여 전반전의 삶 중에서 버릴 것, 채울 것, 바꿀 것을 조심스럽게 점검하며 인생 후반전에도 알차게 적용시키고 있다.

이것은 아무나 할 수 있는 것이 아니라, 개인의 각오를 바탕으로 인내와 끈기가 있어야 하고, 일회적인 시간의 소중함을 인식해 인생의 그림을 세부적으로 그려 갈 때 최선을 다한 삶과 마주하게 된다.

요즘은 100세 시대로서 그에 대비한 설계가 없이는 삶이 무의미하기 때문이며, 권태까지 몰고 와 살아 있어도 살아 있는 삶과는 거리가 멀기 때문이다.

김익회 같은 철학으로 삶을 지향해 간다면, 비록 세상을 떠나게 되더라도 영원히 살아 있는 삶으로 거듭나게 되어, 「100세 시대를 대비한 하프타임」은 글을 읽는 이들에게도 많은 것을 시사해 주고 있다.

무슨 일이든 자기가 해야 할 일을 발견하고 자기가 하는 일에 신념을 가진 사람은 행복하다.

독일의 소설가 J. 파울도 한 인간의 삶은 한 권의 책과 같다고 하였다. 어리석은 사람은 책장을 아무렇게나 넘기지만 현명한 사람은 성의를 다해 그 책을 읽어 가기 때문이다. 일단 넘기고 간 책장은 다시 그 책장을 넘기며 읽을 만큼 마음의 준비도 시간도 할애할 수가 없다.

그것을 아는 사람이 김익회라는 작가다. 작가는 「아침볕과 저녁볕」을 통해 인간의 삶이 얼마나 귀하고 의미 있는가를 입증해 주고 있다. 신규 공무원과 퇴직 예정자의 강의실에서 '선배와의 대화' 라는 화두로 그들에게 조언과 함께 열강을 한다. 정년퇴직을 하기 전

까지를 '아침볕', 퇴직 후의 삶을 '저녁볕' 으로 상징하며 그들에게
재임 중 경험한 것과 삶의 지혜를 얘기한다.

작가는 시공을 초월해 열심히 살아가는 사람이다. '아침볕' 에겐
'관계와 도전' 을, 저녁볕에겐 '관계와 앞으로 해야 할 일' 에 비중
을 두며 합당하게 대처해 나가라고 당부한다.

삶에는 시작과 끝이 존재하듯, 아침볕을 거치지 않은 사람이 저
녁볕이 될 수는 없다. 생(生)과 멸(滅)이 순차적으로 존재하듯, 모
든 것은 평등한 선상에서 공평하게 부여되는 것이 인간의 특권이
라, 퇴직자 모두도 설렘과 두근거림으로 가득 찼던 신규자들의 아
버지다.

아침볕이라 해서 저녁볕을 홀대할 필요도 없고 저녁볕이라 해서
아침볕을 부러워할 필요도 없다. 중요한 것은 그 어떤 상황에 처하
든 열정과 꿈을 잃지 않고 시작하는 마음, 도전하는 마음으로 충실
히 대처하는 노력이 중요하다.

정상을 향해 도전하는 과정에선 길가에 흐드러진 진달래도 의식
하지 못하는 안타까움이 있고, 하산하는 과정에선 함초롬하게 숨
어 있는 쑥부쟁이까지도 영혼과 함께한다는 사실이 다르다고 할
수 있다.

작가는 신규자들에겐 채근의 박수, 축하의 박수를 아끼지 않지
만, 퇴직자에겐 위로의 박수, 축하의 박수로 그들의 안내자가 되어
준다.

"늙는 것처럼 쉬운 것은 없다. 그러나 가장 어려운 것은 아름답게
늙는 것이다."라는 앙드레 지드의 말이 아니더라도, 공직자로 근무

하기 위해선 시작하는 순간도 중요하지만, 근무하는 동안 가시덤불에 찔리지 않고 퇴직할 수 있다는 것은 영광스런 마무리가 아닐 수가 없다.

공직에서 정년을 한 작가는 언제나 '이제부터 시작이다.' 라는 슬로건을 내걸고 자신을 채찍질하며 살아가는 사람이다. 그런 관점에서 이 글은 꿈을 꾸게 하는 시작만 있을 뿐, 좌절의 순간은 결코 존재하지 않음을 실감하게 하는 작품이다.

고독의 무덤을 만나고 세월의 긴 터널을 지나 나는 지금으로 돌아왔다. 그렇게 힘들 때, 왜 그곳을 빠져나오지 못하고 혼자 뭇매를 감당했을까. 고독에 묶여 뼈 속까지 시린 심경을 왜 아무에게도 토설치 못했을까.

작은 일에도 쉽게 감동하는 성정(性情), 어릴 때부터 착한 아이로 각인된 속박감, 남에게 작은 약점도 보이지 않으려는 순진한 자존심, 가족의 기대, 대화할 친구가 없는 나 홀로 고독한 환경, 시험에 집착된 강박관념…….

_「고독」 중에서

젊은 시절, 작가의 정신세계가 어느 정도 드러나는 작품이다. 절대 고독 앞에서 처절하게 투쟁했던 김익회는 깊은 호수처럼 그 세계가 늪과 같아 심적으로 고통당했음을 느끼게 한다.

'이제 그 고독은 외로움도, 아픔도 아닌, 시어(詩語)이고 명상(瞑想)이다.' 라고 말하고 있으니, 고독은 인간의 삶에 튼실한 거름이 아닐 수 없다.

고독은 그 누구도 피해 갈 수 없기에 아름답다. 정도의 차이는 있지만 사람에겐 각자 고독의 늪이 존재하므로 그 세계관과 철학, 삶의 깊이가 달라진다. 인간은 진정 고독의 상태에 머물러 있을 때 차원 높은 정신세계로 줄달음칠 수 있기 때문이다. 고독의 순간을 부정적으로 받아들이게 되면 정신이 혼란스럽지만, 고독 그 자체를 삶의 과정이라 생각하며 즐길 때 존재의 의미를 측정할 수 있는 기회가 되어 준다.

고독은 진리를 잉태하고 분만하는 산실이다. 당시 현실은 고통스럽지만 세월이 흐른 뒤엔 그 고독이 고적한 시간으로 다가오는 것을 보면 아이러니가 아닐 수 없다. 인간과 고독과의 관계는 줄다리기를 하고 있어 생동감이 있다.

고독은 잃어버린 자아를 찾아 길을 나설 수 있는 기회인 동시에 맑은 영혼으로 회복될 수 있는 기회까지 되어 준다. 고독에 지배당하지 말고 고독과 더불어 뛰어놀 수 있는 저력만 있다면 누가 그 고독을 피하기 위해 세상을 배회하겠는가.

건강한 사람만이 고독과 친구가 될 수 있으며 고독을 처절하게 극복할 수 있어 김익회와 같은 정점에 서 있게 된다.

작가 김익회의 성향은 문학을 할 조건이 갖추어져 있는 사람이다. 감성이 예리 풍성하고, 철학적이며 논리적이라 글을 쓸 수밖에 없는 사람이다. 그래서 작가의 글은 여러 관점에서 깨달음을 주면서도 항상 따뜻하다.

이 글은 고독의 깊이를 알게 하고, 젊은 날 작가가 고독의 세계에서 처절하게 헤맸음을 느끼게 하는 작품이다.

나는 희망이고 시작의 전령입니다. 겨우내 잠든 넋을 흔들고 약동의 기운을 배달합니다. 회색 대지에 연두색 물감을 풀어 놓고 흐드러진 꽃들이 속살거립니다.

사람들은 나를 계절의 여왕이라고 칭송하며 어린이 날, 어버이 날, 스승의 날을 내 품에 맡겼습니다.

시인들은 윤색된 시구(詩句)로 나를 예찬합니다. T.S 엘리어트는 '4월은 잔인한 달, 죽은 땅에서 라일락 피우고 봄비로 잠든 뿌리를 깨운다.' 며 나를 잔인하다고 했습니다.

　_「봄의 변신」 중에서

생(生)의 찬란함과 삶의 과정을 메타포로 그려 내는 작품이다. 하얀 일기장에 푸른 꿈을 키워 가는 봄을 시작으로 작품이 전개되며 인간의 희로애락을 자연스럽게 보여 주고 있다.

작가는 그 생동감을 상징하는 '희희희(囍囍囍)'를 시작으로 전라(全裸)가 되어 버린 동동동(冬冬冬)에까지 이르러 '허허허(虛虛虛)'에 도달하지만, 다시 잉태될 불멸의 희망을 내려놓지 않고 있다.

「봄의 변신」은 김익회의 생애만 아니라, 우주 아래 존재하는 인간의 청사진이 형상화되고 있어 꿈을 심어 주는 희망의 산실이 되고 있는 작품이다.

김익회는 본성이 여리면서도 강한 사람이다. 인생의 전성기였던 봄과 여름을 지나서 귀뚜라미 소리에 민감해지는 존재감을 확인하며 여수(旅愁)에 젖으면서도, 다시 봄으로 거듭날 비전을 내려놓지 않고 있다. 가을은 가을대로 근사해 만산홍엽에 취했음에도 이제 마음을 비우고 삶의 바통을 다음 세대에게 넘길 철학을 잊지 않는 사람이다. '분주한 삶 속에서 풀려난 무욕대안(無慾大安)의 노년이 되었다.'고 선언하며 인간의 한계점과 성스러움을 시(詩)적, 철학적으로 노래하고 있다.

무엇보다 이 글은 인간의 사계절이 문학적으로 형상화되고 있어 침묵보다 독한 고독 속에서도 많은 것을 시사해 주고 있다.

봄 여름 가을이 지나 눈앞에 겨울을 앞둔 삶이지만, 김익회는 시작도 끝도 없는 세계—무변(無邊)의 세월과 동행을 반복하겠다고 선언한다. '정신의 봄'을 잃지 않는 이상 김익회에게 있어 현재는 언제나 '시작'의 철학을 지니고 있다.

봄의 변신이 아니라, 언제나 그 영혼도 봄으로 변신하여 '흄흄흄, 夏夏夏'로 남은 삶도 살아갈 사람이다.

「봄의 변신」은 '흄흄흄, 夏夏夏, 虛虛虛, 冬冬冬'으로 삶을 상징하며 작법에까지 고민한 흔적이 강해 실험적 정신에 기인하여 쓴 작품이다.

나의 전화번호를 알려 줄 수 없느냐고 한다. 알려 주었다. 그는 희망과 용기를 얻었다며 감사하다는 덕담을 잊지 않는다. 나는 이씨가 곧 출소하여 거듭난 삶으로 행복해지기를 기도한다.

3개월이 지난 어느 날, 전화벨이 울린다. 이씨한테서 걸려온 전화다.

_「내가 만약」 중에서

재소자와 상담을 하며 경험담과 그 가치에 대해 돌아보는 작품이다.

구치소는 재소자들이 철학과 개성, 이념이 강해 누구나 쉽게 접근할 수 있는 부분이 아니지만, 김익회는 자신의 내부에 들이닥치는 긴장과 타협하며 그들을 찾아가 강의를 하고 있다.

무슨 일이든지 스스로에게 삶의 의미와 가치를 느낄 수 있는 것이 바람직한 삶이지만, 다른 사람과는 현저하게 다른 재소자에게 상담까지 하며 봉사하고 있으니 범인(凡人)과는 다른 사람이다.

그것도 짧은 기간이 아니라, 11년 동안 그들의 정서와 함께 교류하고 있다 하니 타인에게 특별한 달란트를 줄 수 있는 특혜를 받지 않았다면 불가능한 일일 수밖에 없다. 언제 어떻게 돌출 현상이 나타날지 모르는 재소자와의 긴장감 속에서 마음을 풀어 가며 그들의 상처를 치료해 간다는 것은 아무나 할 수 있는 일이 아니다.

작가는 부지불식간에 나타나는 자신의 자만심으로 행여 그들에게 상처를 주게 될까 봐 지혜를 달라고 기도하며 최선을 다하고 있다.

'기진맥진 지친 한 마리 울새를 둥지로 돌아가게 할 수만 있다면'이라는 디킨스의 시(詩) 〈내가 만약〉에 공감하며, 스스로에게 용기를 주려고 자신을 닦아 가는 모습이 글을 읽는 이들에게 삶의 방법을 제시해 주고 있다.

윤색된 언변이 없어 역량이 부족함을 인정하면서도 표정이 싸늘해 입구조차 찾기 힘든 재소자들에게 삶의 입구를 제시해 주고 있다. 교과서적인 죽어 있는 감정이 아니라, 진지한 가슴과 진정성으로 그들의 처지를 위로하고 이해하며 생각이 현저하게 다른 그들에게 길잡이가 되고 있다.

구치소에 있는 시간들이 인생의 후반전을 의미 있게 살아가기 위한 하프타임이라 생각하라며 그들의 삶을 줄기차게 안내한다.

그 진정성은, 그들이 구치소에서 출감해도 만남의 시간을 가지며 친구가 되어 주고 있어 〈내가 만약〉이라는 디킨스의 시(詩)와 다를 게 있겠는가.

귀의 속성을 본다. 귀는 침묵하고 이성과 감성으로 자신을 조절한다. 귀는 나서거나 서두르지 않고 자신을 꾸미려 들지 않는다.

조물주가 두 개의 입과 한 개의 귀를 준 것은 말은 한 번 하고 듣기는 두 번 하라는 의미가 아닐까. 귀는 항상 열려 있지만, 입은 언제라도 닫을 수 있다. 입 때문에 종종 망하는 경우는 있어도 귀 때문에 망하는 경우는 없다.

 _「혀와 귀」 중에서

마음이 언어의 집이라, 채근담에도 몸을 닦으려면 마음을 닦으라고 했다.

숲이나 시냇가를 거닐게 될 때 세상 잡념이 사라진다고 했지만, 언어의 통로를 조율해 주는 긍정적 마음가짐이 세속의 기운을 가라앉게 한다. 그러나 누구나 선한 마음과 절제의 가능성을 지니긴 했지만 인간은 완벽하지 않아 부정적인 정신세계와 덕스럽지 못한 삶을 살아갈 때가 많다.

이 글은 '혀와 귀'의 개념에 대해 그 중요성을 논리적으로 강조하는 작품이다. 입은 하나이고 귀가 둘인 이유에 대해 화자 나름대로의 견해를 피력하고 있다. 감정의 조련사로서 소통의 달인이라고 착각하는 '입' 보다는, 상대방의 말을 신중하게 들으며 이성과 감성으로 자신을 조율해 가는 귀의 중요성을 인식시켜 주는 작품이다.

심리학자 칼 로저스(Carl Rogers)의 말이 아니더라도, 성의 있는 경청은 상대방에 대한 배려이고 그 마음을 열게 하는 지름길로 마중물 역할을 하게 된다.

작가는 혀의 위력에 경종을 울리며 세 치의 혀를 성스럽게 관리해야 '구화지문(口禍之門), 입은 재앙이 들어오는 문이므로 입이 화의 근원이다.' 라는 말에 주력하고 있다.

작가는 삶을 사는 동안 혀의 속성을 모르지 않고 있어 긍정적인 말이 긍정적인 삶과 결과를 가져옴을 알고 있으며, 조물주가 두 개의 귀와 한 개의 입을 준 것에 대해 그 이유를 충분하게 알아 실천하는 사람이다.

작가는 '듣는 것은 배려이고 관계의 가교' 임을 모르지 않고 있어 대인 관계를 순조롭게 끌어가고 있는 사람이다.

이것으로 볼 때 「혀와 귀」는 김익회의 삶의 진정성을 감지하게 됨은 물론 삶을 살아가는 중추적인 자세를 훔쳐보게 한다.

독자에게 삶의 법칙을 일깨워 주는 작품으로 많은 것을 생각하게 한다.

오늘도 세상 속에서 치열하게 살아가는 당신과 나, 크고 작은 일에 미움과 노여움을 만날 때, 아픈 심신을 치료할 묘책은 없을까.

우리는 대인 관계에서 미움이나 원망을 하나쯤은 가슴에 품고 사는 보통 사람들이다. 나를 배신한 연인이나 동료, 나를 해고시키고 승진에서 탈락케

한 주역, 나를 왕따시킨 사람…….

자다가도 벌떡 일어나는 증오를 어떻게 용서하란 말인가. 권세의 그늘에서 호가호위(狐假虎威)하며 나를 핍박하는 방약무인(傍若無人)한 그들은 또 어찌하란 말인가.

_「아름다운 용서」 중에서

'용서'라는 개념은 빙판에 핀 한 송이 백합화와 다르지 않다고 소개하는 내용이다.

빙판에 백합화가 피어나려면 얼마나 인내하고 그 세계가 승화되어야 가능한 일일까. 우리는 용서의 미덕이 이렇게 큰 감동을 안겨 줄 줄은 예상하지 못한 채 살아간다. 진정한 용서가 없기 때문일까.

우리는 대부분 관념적으로 '용서'라는 단어를 남발하며 살아가지만, 2007년 4월 미국에 위치한 버지니아 공대에서 32명이 살해되는 총기 난사 사건은 그 비극이 적지 않아 평자의 입장에서도 말문이 막히고 만다. 희대의 참극인 이 사건은 이민자 자녀가 저지른 사건이었지만, 32명의 추모자 중 가해자인 조승희의 묘비에도 '네가 도움과 위로를 얻지 못하고 우리가 네 친구가 되어 주지 못해 미안해.'라고 쓰여 있어, 자기중심적인 사고방식에서 벗어난 미국인들의 영혼 사랑과 넓은 도량, 용서의 의미에 대해 감탄하지 않을 수 없다.

한국에서 간혹 미군 병사들이 사건을 일으켜도 우리도 그런 마음으로 가해자와 피해자를 동시에 존중하며 성숙한 국민성을 보일 수 있을까. 객관적인 입장에서는 그 어떤 범행이든지 용서할 수가 없지만, 미국인 그들은 놀랍게도 조승희 사건에 대해 아름다운 마무리를 하고 있다.

한국인 입장에서 보면 송구스러워 몸 둘 바를 모를 상황이지만 참으로 차원 높은 미국의 성스러운 문화는 '용서' 라는 단어에 대해 많은 것을 생각하게 한다.

인간의 본성이 악하다고 주장한 철학자도 있지만, 그와는 달리 세상 여건은 사람을 악하게 만들고 있어 작가 김익회는 미움과 원한은 면역성이 없는 고질병이라고 말하기에 이른다. 인간은 누구든지 가슴이라는 감옥에 증오의 불을 켜 놓고 스스로를 태우는 일이 많기 때문이다.

작가는 「아름다운 용서」를 통해 '용서' 만이 부작용이 없는 명약이라고 밝히기에 이른다. 관대함 그 자체가 잔인성의 치료약이라고 파에드루스(Phaedrus)가 말했듯이, 용서 그 자체는 인간의 삶 중에서 가장 고귀한 승리의 결정체라고 할 수 있다.

상대를 해친 자는 상대보다 강한 자도 있지만, 대부분 상대보다 약한 위치에 처해 있을 때 일어나는 현상이기 때문이다.

「아름다운 용서」는 용서 그 자체가 상대방을 가장 성스럽게 변화시키며 처벌하는 형벌임을 자각하게 하는 작품이다.

거짓말이 없는 세상은 어떤 모습일까. 교과서대로라면 더없이 이상적이고 법이 필요 없는 살기 좋은 세상일 것이다. 하지만 인간은 겉과 속이 다른 불완전한 인격체다. 자고로 거짓말은 우리 생활 구석구석까지 파고들어 참말과 공생하며 천의 얼굴로 가지각색의 크고 작은 사고를 친다.

거짓말은 양심을 속이는 죄악이지만 형체가 없어 물증 잡기가 쉽지 않다.
_「거짓말 삼총사」 중에서

거짓말에 대해 여러 가지 철학을 제시하는 작품이다.

빚쟁이가 빚 독촉을 받게 되자 할 수 없이 암퇘지를 팔려고 시장에 내놓게 된다. 사려는 사람이 와서 새끼를 잘 낳느냐고 묻게 된다. 주인이라도 이것까지는 알 리가 없었다.

그러나 주인은 '그렇고 말고요 손님! 이놈은 동네 결혼식 때는 암놈만 낳고, 이웃마을 환갑 때는 수놈만 낳습니다.' 라는 이솝우화가 있다.

'한 입에 두 혀를 갖지 말라.' 는 속담도 있지만, 사람은 누구든지 자신까지도 의식적으로 속이는 일이 비일비재하다.

하지만 거짓말에는 '나는 두부를 먹다가 이가 부러졌다.' 는 하얀 거짓말과 '나는 평생 거짓말을 해 본 적이 없다.' 라는 몰염치한 거짓말이 존재한다.

'열 길 물속은 알아도 한 길 마음속은 모르는 아이러니 속' 에서 적응이 된 채 살아가지만, 상황에 따라서 선의적인 거짓말은 삶을 행복하게 만드는 요소로서 양약이 되기도 한다.

문제는 선의적인 거짓말, 새하얀 거짓말이 아니라, 악(惡)을 바탕으로 한 거짓말이 득실거리기 때문에 혼란한 세상이다.

그러나 「거짓말 삼총사」는 악의적인 거짓말에 비중을 두기보다는 '시집가기 싫다는 노처녀의 말, 밑지고 판다는 장사꾼의 말, 어서 죽고 싶다는 노인의 거짓말' 을 유머러스하게 풀어 가는 작품이다. 이 거짓말 삼총사야말로 그 누구도 인정치 않아 속아 넘을 수 없는 거짓말이 아닌가.

시대가 변해 그중에는 새빨간 거짓말이 진실이 될 수 있는 것도 있고 거짓이 될 수도 있는 세상이긴 하다. 「거짓말 삼총사」는 사회의 풍자이고 해악에 불과하지만, 요즘 들어 시집가기 싫어하는 처녀들도 있고 세상에 환멸을 느껴 목숨을 스스로 버리는 노인들도 있다.

어느 속담엔가 거짓말에는 세금이 붙지 않아 지구상에는 거짓말이 득실거린다고 했지만, 요즘은 거짓말도 거짓말 나름임은 물론 거짓말 탐지기까지 등장하는 세상이라 세상은 더욱 진실과 거짓으로 투쟁하며 퍼포먼스를 벌이는 전투장이 아닐 수 없다.

M.루터(Luther, Martin)도 한 가지 거짓말을 진실처럼 실현하기 위해 일곱 가지 거짓말을 해야 한다고 했으니, 어찌 혼탁한 세상이 거짓말의 홍수 속에서 춤을 추지 않겠는가.

한 해를 동행하며 삶의 질을 높여 줄 주자를 공모한다. 주인(主人)을 돕겠다는 언어들이 줄지어 자신이 적임자라고 얼굴을 내민다. 행복한 고민 끝에 건강 · 미소 · 절제 · 끈기를 주자로 선발하고 감독을 원칙으로 선임했다.

감독과 주자들의 소견을 들어 본다.

_「주자(走者)들의 반란」 중에서

사람이 질적으로 향상된 삶을 살아가려면 주변의 모든 여건이 튼실하게 준비되어 있어야 한다.

작가도 내적으로 질적인 삶을 살기 위해 고민한 결과 「주자(走者)

들의 반란」을 선보인다. 그 어떤 정점에 대해 긍정과 부정이 부딪치는 가운데 좀 더 나은 지향점을 찾아가는 과정들이 남다른 방법으로 소개되고 있다.

「주자(走者)들의 반란」은 원칙주의를 중앙에 설정해 놓지만, 건강, 미소, 절제, 끈기라는 주자(走者)들을 지휘하는 과정이 만만치 않음을 보여 주는 작품이다.

첫째 주자, '건강'도 정신 건강과 육체 건강을 단련하여 주인(主人)을 보살피겠다고 선언하고, 둘째 주자, '미소(微笑)'도 사랑과 용서, 포옹과 겸손으로 만인의 연인이 될 뿐 아니라, 주인님을 충실하게 보좌하며 얼굴에 미소를 띠게 하겠다고 맹세한다.

셋째 주자, '절제'도 그 어떤 유혹에도 현혹당하지 않은 채 자신을 관리하고 모든 일에 중용을 지키며 주인을 잘 섬기겠다 선언하고, 넷째 주자, '끈기' 역시 그 어떤 어려움도 극복해 나가는 정신을 지녔으므로 고진감래(苦盡甘來)를 가슴에 안은 채 시종일관 주인을 위해 질주하겠다고 선언한다.

문제는, 원칙만을 철저하게 내세우는 감독의 완벽함과 그 이기성에 소임을 다하던 주자들은 더 이상 견딜 저력이 없어, 반란을 일으키는 작품이다.

풍선도 경계선을 초월해 바람을 과도하게 주입시킬 때는 터지듯, 세상 이치도 '과유불급'이라는 의미를 새김질하지 않을 수 없다.

'주자(走者)'의 감독은 시종일관 원칙만을 강조하지만 집합체 광장에서 존재하는 주자들은 폐렴에 걸리기도 하고, 미소의 얼굴이 고소(苦笑)가 되기도 하고, 절제가 한계선을 초월하며 감독에게 반항하기도 한다. 뿐만 아니라 모든 것을 인내심으로 극복하던 끈기 마저 결국 더 이상 버티지 못해 주자(走者)들의 광장에서 이탈하게 되니 이 글은 의미가 많은 작품이다.

그러나 주인(主人)은 그 상황을 예리하게 진단하여 태강즉절(太剛則折)의 의미를 깨달으며 자신 안에 존재해 있는 감독을 설득시켜 '최선'의 틀에 '지혜'를 추가하라고 지시하는 반전이 이 글에 생명력을 불어넣고 있다.

팀워크는 '능력'도 중요하지만 '화목'이 우선이고, '완벽'보다는 '최선'이 우선임을 보여 주는 작품이다.

이 글은 넓게 보면 인간의 살아가는 삶의 방법이기도 하지만, 「주자(走者)들의 반란」은 작가가 직접 주인과 감독, 네 개의 주자(走者)가 되기도 하고, 객관적으론 리더와 팀워크로 구성된 단체들에게 일침을 가하는 작품이기도 하다.

여러 가지 각도에서 볼 때, 주인에게 충성하는 주자들이지만 융통성 없이 원칙만을 고수했을 때는 적응할 주자가 없어 팀워크가 해체됨을 깨닫게 한다.

1+1=2라는 원칙보다, 최선+지혜라는 공식을 설정해 팀워크를 리드하는 주인이 된다면 주자(走者)들의 삶에 윤기가 흐를 수 있다는 메시지로 볼 수 있다.

작가 김익회도 '원칙을 고수하되 어느 정도의 예외는 문제 해결의 실마리가 될 수 있다고 선언, 굽힐 줄 모르는 강철보다 흔들리면서도 부러지지 않는 대나무가 지혜롭다.'고 말하기에 이른다.

삶의 철학이 고스란히 담겨 있는 작품으로 구성이 잘된 실험수필이다.

　　그로부터 20년이 흘렀다. 그동안 단 한 번도 이발관에 가지 않았다. 그녀는 나의 전속 이발사가 되어 주었다. 예전보다 머리칼이 많이 빠졌다고 속상해하면서, 오늘도 그녀는 내 머리를 무대로 나 한 사람만의 관객을 앉혀 놓고 이발을 주제로 한 모노드라마를 연출한다.
　　_「전속 이발사」 중에서

　　작가가 부인을 위하는 모습이 역력하게 드러나는 작품이다. 20년 이상 부인이 전속 이발사가 된다는 것은 그들 부부의 애정의 두께를 가늠하게 한다. 김익회의 성실성과 삶의 풋대가 여실하게 드러나고 있다.
　　작가의 말처럼 옷이 날개라면 헤어스타일은 더욱 중요해 주변 사람들에게 첫인상을 각인시켜 주는 것인데도, 미용 프로가 아닌 아마추어 부인에게 두발을 담당하게 하는 것은 각별한 신뢰와 애정이 뒷받침되지 않으면 쉽지 않은 일이다.
　　이런 상황으로 전환되기까진 20년 전 작가가 기관장 행사 모임 중 미군 기지가 있는 어느 도시에 있는 퇴폐 이발소에서 이발을 하게 된다. 조명과 함께 분 냄새가 진동하는 여성 이발사에게 머리를 맡긴 순간 작가는 당황한 나머지 그 후부터는 전업주부인 부인에게 두발을 맡기게 되었다니 보통 사람으로선 결정하기 어려운 사건이다.
　　일반적으로 보통 남자들이 적응하는 문화임에도 작가는 생각의 전환을 가져오게 된다.

의미도 없는 일에 경솔한 행동을 해서 상대에게 미안한 감정을 느끼기보다, 튼실한 가정과 두 사람의 애정 관계를 건강하게 하기 위해선 두 사람의 관계를 방해하는 부수적인 일에도 관심을 가지며 살아가는 작가이니 믿음이 가는 사람이다.

인간의 본성과 속성은 경박하고 이중적이라 부지불식간에 자신도 모르는 과오를 저지르게 되어 좋은 관계를 낭패로 몰아가기도 하여 만회할 수 없는 업보를 초래하는 경우가 많다.

작가는 복잡 미묘한 인간의 감정을 모르지 않았기에 "여보, 눈은 오고 이발은 해야겠고 단골 이발관도 없는데 당신이 적당히 머리를 잘라 주면 안 될까."라며 건의를 하자, 부인은 마지못해 하면서도 "머리 꼴이 우스워지더라도 나를 원망하지 마세요."라고 맞장구를 치며 조화를 이루어 낸 것이 20년이 흘렀으니, 바람직한 부부의 모습이다.

'남자의 집은 아내' 라고 하는 탈무드의 잠언이 있듯, 그들의 잔잔한 애정의 출렁임은 작품 「전속 이발사」 전체를 제압하고 있다.

나는 지금 起 · 承 · 轉 · 結 중, 어느 곳에 머물러 있는가.

특정 구간만을 유별난 한 송이의 장미꽃으로 치장하여 흐름의 균형을 깨지는 않는지. 기승전결 모두가 한 아름의 안개꽃으로 필 때 아름다운 숲 동산을 이룬다. 구간마다 최선을 다해야 하는 이유다.

起 · 承 · 轉 · 結은 시문, 인생, 사계의 순리다.

_「기승전결(起承轉結)」 중에서

기승전결(起承轉結)은 보편적으로 시문을 짓는 구성요소로 알려져 있지만, 논문 쓰기에서도 논리 전개가 필요하여 서론과 설명, 증명과 결론과 같이 4단계로 구분되는 것이 보편적 현상이다.

그러나 요즘은 『과학 글쓰기를 잘하려면 기승전결을 버려라』라는 강호정의 책이 베스트셀러가 되는 실정이 아닌가. 상식을 초월한 사건들이 비일비재하게 발생하는 현실에서 반드시 기승전결의 원칙이나 강박관념은 시대와 병행하며 희석되고 있는 현실이다.

작가는 「기승전결(起承轉結)」에서 일의 모든 단계와 인생에도 사계절이 존재하듯 그 자체가 기승전결로 귀결되어 있음을 보여 준다. 삶의 절차를 기승전결로 구분하며 인생의 시점들을 구분해 간다.

부모 슬하와 학교에서 교육받던 성장의 시점을 봄으로, 그 배움을 갖고 삶의 전성기에 도전하며 누리던 시점을 여름으로, 무르익은 삶의 결정체를 가지고 정점에서 하산 준비를 하던 시기를 가을로, 인생의 모든 것을 끌어안고 동면하며 성찰하는 시점을 겨울로 설정, 살아온 삶을 해부한다.

작가는 그 절차를 빌어 인생의 사계절이라 간주하고 살아온 삶을 회고하는 사람이다.

'나는 지금 起·承·轉·結 중, 어느 곳에 머물러 있는가.' 라며 자신의 실체를 들여다보고 있다. 기승전결을 무시하고 글을 쓰라는 얘기가 유행이 되고 있듯이 삶에 있어서도 그 시점은 돌고 돌아 모든 것은 정신 내부에서 열망하는 계절을 맞이할 수가 있다. 대부분의 사람들이 기승전결이 무너진 시대에 살고 있다는 의미이다. 그러나 그 구간이 잘 지켜져 삶을 질서 있게 살아간다면 바랄 것이 없다.

아폴론(Apollon)의 신전(神殿)도 그 기둥이 적당히 간격을 두며 지붕을 떠받치고 있어 전설적인 신전이 되고 있지 않은가. 신전 기둥들이 철학이 있는 주체가 되어 신전을 보좌했을 때 조화가 이루어져 튼실한 신전이 된다.

작가 김익회는 삶에 대해 조심스럽게 확인을 하며 존재감을 검토하는 사람이다. 그것은 그만큼 성공한 삶을 살아왔다는 의미가 된다. 기승전결을 삶의 과정이라 생각하며 내면으로 들어가 깊은 성찰을 하는 사람이다.

중요한 것은 기승전결을 사계절로 생각하지만, 겨울은 끝이 아니라 봄을 잉태한다는 확신이다.

「기승전결(起承轉結)」은 요소요소마다 치밀하여 구성이 잘된 작품이다. 인생의 깊이, 글의 깊이가 무리 없이 느껴지는 작품이다. 시적인 용어를 많이 사용하고 있지만 작품을 논리적으로 풀어 가고 있어 설득력이 강한 작품이 되고 있다.

작가의 반듯한 인생관, 아름다운 삶을 살아온 사람임이 드러나는 작품이다.

사람의 속마음은 안개가 자욱합니다. 어느 날 그대의 눌러쓴 편지를 받았습니다. 눈으로 볼 수 없었던 참 마음을 읽었습니다. 편지는 가슴의 전령이고 체온입니다. 편지만큼 나를 설레게 한 이도, 내면의 등불을 밝힌 이도 없습니다.

_「눌러쓴 편지」 중에서

미디어가 발달하기 전 감정과 감정의 만남은 아름다운 편지 속에서 이루어졌다. 시인 김광균도 '편지'라는 시를 썼고, 시인 유치환도 연인 이영도에게 많은 편지를 보내며 마음을 전하지 않았던가.

그 옛날 편지는 '서(書)'의 일종이다. 편지로 발전한 '서(書)' 역시 일정한 형식은 없었으나 용도에 따라 차이가 있었다.

'서(書)'는 오늘날 우리가 사용하는 서찰로서 편지의 개념으로 사용된 것은 진한(辰韓) 이래 친지 사이에 내왕—문답으로 쓰인 데서부터 시작된다.

'서(書)'는 훗날 편지의 형태로 나타났고 문체적 특징은 자신의 마음을 거짓 없이 옮겨 담는 데에 목적이 있었다.

그 종류는 매우 다양하여 다른 사람의 안부나 소식을 묻는 것도 있었고, 다른 사람에게 자신의 생각을 전달하기 위해 쓴 것도 있었다. 질문이나 문안에 대한 회신형식의 것도 있었다.

그 가운데 성리학 내지 학문을 논한 '서(書)'는 작자의 학문과 사상을 연구하는 데 중요한 구실을 하기도 하여 이황(李滉)과 기대승(奇大升) 간에 주고받은—사단칠정(四端七情)에 관한 왕복 논쟁은 '서(書)'에 의해 이루어진 학문 논변의 성과라고 전해진다.

작가의 「눌러쓴 편지」도 그중 한 부분을 차지한다. 깊은 마음을 전하는 부분이나 문체적 특징이 그렇다고 할 수 있어, 낙엽이 날리는 가을에는 마음을 함축적으로 풀어 편지를 쓰겠다고 말하고 있다.

사람의 마음은 그 끝을 모르기에 작가는 '편지만큼 나를 설레게 한 이도, 외롭게 한 이도 없다.'고 말하고 있다. 명품으로 치장된 입담보다 밤새 눌러쓴 편지가 영혼을 따뜻하게 해 주므로 내면의 등불이 아닐 수 없다.

작가는 누군가에게 눌러쓴 편지를 받고 그 속에서 상대방의 마음을 읽어 내며 진실을 찾아내고 있다. 편지는 이런 관점에서 볼 때 막연하게나마 기다림의 대상이 아닐 수 없다.

미디어에 밀려서 또는 인간의 정서가 변질되어 감에 따라 편지의 중요함을 잊고 살아가긴 하지만, 작가는 그 매력을 묻어 버릴 수 없어 눌러쓴 편지를 읽으며 그 따스함을 훔쳐보고 있다.

금년 가을, 둘째 딸이 결혼했다.

시인 하이네는 "결혼은 어떤 나침반도 항로를 발견할 수 없는 거친 바다의 항해."라고 했다. 나는 사랑하는 딸과 사위에게 만만치 않는 인생 항로에 길라잡이가 되고 교훈이 될 정표(情表)를 새겨 주고 싶었다. 고심 끝에 수석장(壽石欌)에서 석질이 강하고 공처럼 둥글고 수마(水磨)가 잘된 돌 한 점을 꺼냈다. 이십여 년 전에 한적한 남도의 어느 바닷가에서 만난 애석(愛石)이다.

_「그 수석에 담긴 뜻은」 중에서

자식을 향한 부모의 심정이 잘 드러나는 작품이다. 작가는 「그 수석(壽石)에 담긴 뜻은」에서 월만즉휴(月滿則虧), 달도 차면 기운다는 순리를 모르지 않고 있어 자식의 행복이 어떤 것인가를 알고 있는 사람이다.

아내의 면사포를 대면한 지도 엊그제 같다는데 자녀들이 성장해 갈 길을 가고 있음에 존재감과 현주소를 실감하는 시점이다.

"결혼은 거친 바다의 항해와 다를 바 없다."는 하이네의 말이 아니더라도, 그 길은 인연이 해로(偕老)하며 평생을 항해했을 때 성공한 만남이다.

작가는 만남의 중요함을 모르지 않고 있어 그들에게 인생 항로의 길라잡이와 정표(情表)를 새겨 주고 싶어 석질이 강한 애석(愛石)을 선물하며 행복을 당부한다.

당연한 일이 아닐 수 없다. 꽃 한 송이를 피우기 위해서도 시간과 여건, 인내가 필요하듯, 삶의 실체도 역경을 극복하며 자신과의 싸움을 게을리하지 않았을 때 열매를 맺기 때문이다.

거친 돌, 수석 그 자체도 귀한 예술품이 되기까진 인고의 시간을 견뎌 낸 기다림의 결정체라고 할 수 있다.

다행인 것은 딸과 사위도 수석을 거실의 장식용이 아니라 삶의 마스코트로 삼고 있어 작가는 더욱 보람을 느끼고 있다. 그 어떤 상황에 처하더라도 초지일관으로 원형(圓形)을 잃지 말라는 당부 섞인 메시지는 세상 부모들의 마음을 대신하기도 한다.

과하게 서두르지 말고 기다림의 미학을 새김질하며 삶과 마주하라고 격려하는 아버지의 마음은 세상 아버지의 마음을 닮았기 때문이다.

자녀를 향한 부모의 참사랑이 수석을 통해 보여 주는 작품이다.

40년 공직 생활에서 풀려났다. 그동안 묶어 두었던 섬 여행을 시작해야겠다는 생각이 들었다. 섬은 내게 그리움과 기다림의 설렘으로 알 수 없는 향수를 자극했다.

익숙한 삶에서 탈출하여 시간이 멈춘 원초적 자연 속에 나를 풀어 놓고 낮

섬과 충돌하고 싶었다. 틈틈이 시간을 내어 잘 알려지지 않은 섬을 위주로 불쑥불쑥 60여 개 섬을 찾아다니며 섬 일기를 썼다.

　　_「섬 기행의 뒷맛」 중에서

　김익회는 선천적으로 남다른 삶을 살아가는 사람이다. 40년간의 공직 생활을 마치고 마음속에서 꿈꾸던 섬 탐험을 시작하고 있다.

　섬은 작가에게 안개 같은 향수를 자극하며 생명력을 불어넣어 주는 대상이다. 그렇지만 알려지지 않은 섬과 마주하기 위해 혈혈단신 60여 개의 섬을 찾아다니며 섬 일기를 썼다니 결코 쉽게 할 수 있는 일이 아니다.

　홀로 섬 여행을 하는 이유를 섬이 좋기도 하고 감정에 충실하기 위함이라고 하지만 삼라만상의 순리와 질서 속에서 '참공부'를 하기 위해 탐험을 시도한 사람이다.

　그 과정은 만만치 않아 청산도 해안 절벽에서는 생명이 위태로운 사건도 있었지만, 작은 나무 한 그루가 생명을 붙잡아 주었다니 그 만남은 귀한 인연이 아닐 수 없다.

　작가는 고마움을 잊을 수 없어 1년 뒤 다시 그 나무를 찾아가 생명을 지켜 준 나무에게 물이라도 주며 감사함을 전해 주고 있어 그 또한 범상한 일은 아니다.

　「섬 기행의 후미(後味)」의 핵심은 인간의 생명을 구하고서도 그 나무는 자신을 내세우지 않고 초연한 모습으로 묵묵히 그 섬을 지키고 있는 데서 시사하는 바가 크며, 자연과 문명이 천적인 세상에서 비움의 철학까지 깨닫게 된 작가는 60여 개의 섬 탐험을 마친 사람이다.

여행은 일상의 틀을 탈출하여 낯선 세상과 접하게 하므로 그곳에서 만난 사물과의 대화는 영혼을 더욱 깊게 하고 삶 또한 풍요롭게 한다.

작가의 자연 사랑과 진정성, 저력이 드러나는 작품이다.

만남은 인연이다. 수많은 수석 인이 눈에 불을 켜고 훑어간 곳에서도 잡히지 않고 누구나 부러워할 녀석이 나의 눈에 띄는 것을 보면 인연은 따로 있나 보다. 내가 인연을 만든다기보다 수석이 인연을 만드는지도 모른다.

수석은 대자연의 축소판이다.

_「수석과의 만남」 중에서

"여자를 돌 보듯 하라."는 말이 있다. 나에게 이 말이 적용된다면 나는 사고 다발 공장이 되지 않았을까.' 라는 부분을 보았을 때 작가가 수석 애호가임을 설명하지 않아도 실감하게 된다.

인간과의 만남이든 사물과의 만남이든 만남이 이루어지는 순간엔 변화가 일어나게 된다. 서점에서 선택하는 책도 어떤 책을 선택하느냐에 따라 택하는 자의 내면의 역사가 바뀌듯, 인간과 자연과의 만남—특히 수석과의 만남은 대단한 역사를 만들어 낼 수밖에 없다.

많은 수석 수집가가 훑고 간 장소에도 질 좋은 수석들이 남아 있어 화자와 만남을 이루고 있으니 필연적인 만남이다. 작가는 그 매력에 빠져 산천을 휘돌았고 하나의 돌에 불과하지만 그 돌은 만남을 통해 풍화 속에서도 삼라만상이 펼쳐지고 있지 않은가. 고귀한 예술품으로 거듭나고 있으니 중요한 만남이 아닌가.

채취해 놓은 100여 점의 수석에서 꿈을 심어 주던 〈천사의 비상〉과 "바로 너야."라고 할 만큼 운명적 만남인 〈국화석〉, 기다림의 미학을 보여 주던 〈대기만성〉, 수석의 3요소인 석질, 색상, 형태를 갖춰 작가를 상징하게 하는 〈생각하는 보석〉에서 모든 것이 펼쳐져 천지를 얻은 듯 정신을 풍요롭게 한다.

심미안에 의해 이루어진 모든 것과의 만남—특히 「수석과의 만남」은 삶의 질서에 대해 성찰의 순간을 접하게 한다. 손수 좌대를 만들며 조각칼을 움직일 때에도 자정이 넘은 시간은 고요 속에서도 살아 움직였다는 작가의 글을 볼 때 그 애정이 만만치 않았음을 알게 한다.

하지만 사람 손에 의해 디자인된 분재의 한계점에서는 자연미가 사라지듯, 수석을 캐는 일 자체가 아름다움이 훼손된다고 생각되던 작가는 탐석에 몰입했던 순간을 접고 비우며 사랑하는 순리를 깨닫고 있어 더욱 큰 수확이 아닌가.

야생화도 들판을 장식할 때 생명력이 넘치지만 한 아름 꺾어 화병에 넣게 되면 며칠이 지나지 않아 시들고 만다.

결론적으로 이 글은 대상에 대한 사랑법이 바뀌고 있어 수석과의 만남은 모두에게 차원 높은 사랑법을 제시해 주는 작품이다.

수필의 제재는 다른 장르에 비해 다양하지만 그 중심에는 삶의 흔적을 그려 내는 것이 빼놓을 수 없는 작업이다. 그러나 작가적 의식이 시대에 병행하며 정체적 현상에서 접목적 글쓰기로 변화되고 있어 편견을 극복하고 있다. 그것은 어제와 오늘의 한국 수필이 현저하게 달라지는 증거라고 할 수 있다.

수필은 마음의 움직임을 추적하는 거울로서 지적인 냉철함을 전제로 하여 여러 모양의 집합체를 그려 낸다. 작가 김익회도 사물을 바라보는 관점과 글쓰기의 기법이 획일적 작법이 아니라 다각적 작법으로 수필 발전을 위해 도전하는 사람이다. 문학성과 깊은 철학, 성찰을 기반으로 작품 세계를 구상하고 있는 사람이다.

이것은 하루 이틀의 노력이 아니라 10여 년 이상 연마한 작가만의 결과물이다. 그동안 세상을 바라보는 관점과 긍정적인 마음가짐, 그리고 수필을 위해 많이 고민했으므로 작가의 글 세계가 한층 더 발전되었음이 확인된다.

낯선 섬을 탐험하며 그 소회를 일기 형식으로 쓴 『섬에서 쓴 일기』를 발간한 적도 있지만, 몸소 탐험 여행을 시도하며 글을 쓴다는 것은 누구나 할 수 있는 일이 아니다. 40여 년간의 공직 생활을 하면서도 틈새를 활용하여 수석(壽石)을 수집하는가 하면 퇴직한 후에는 작가의 길을 걸어가며 교도소를 찾아가 수감자들에게 그들의 의식을 조심스럽게 전환시키며 상담까지 해 주고 있으니 열심히 살아가는 사람이다.

작가는 자기와의 싸움에서 굴하지 않고 삶을 향해 도전하는 사람이다. 작품 세계도 인간의 근원적 문제에 접근하면서도 날선 철학이 축을 이루고 있어 많은 것을 생각하게 한다. 제도권에서 벗어나 명암이 없더라도 의기소침하지 않고 노송을 닮아 가겠다는 작가는 오히려 '11월' 을 예찬하며 카타르시스를 느끼기도 하고, 눈앞에 펼쳐지는 모든 것을 긍정적으로 풀어 가기도 한다.

김익회는 외유내강한 작가로서 작품에는 시적인 용어를 많이 사용하고 있지만, 작품을 논리적, 철학적으로 풀어 가고 있어 설득력이 강한 작품들이 산출되고 있다.

앞으로도 여러 모양의 후배들에게 좋은 멘토가 되어 주고 좋은 작품을 쓰기 위해 도전하는 작가가 되길 기대한다.